从心所欲不逾矩

许渊冲

2021年4月(100岁)

许渊冲汉译经典全集

莎士比亚

Twelfth Night

第十二夜

许渊冲 译

商务印书馆
The Commercial Press

图书在版编目（CIP）数据

第十二夜 /（英）威廉·莎士比亚著；许渊冲译. —北京：商务印书馆，2021（2021.7 重印）
（许渊冲汉译经典全集）
ISBN 978-7-100-19409-9

Ⅰ. ①第⋯　Ⅱ. ①威⋯　②许⋯　Ⅲ. ①喜剧—剧本—英国—中世纪　Ⅳ. ① I561.33

中国版本图书馆 CIP 数据核字（2021）第 022306 号

权利保留，侵权必究。

许渊冲汉译经典全集
第十二夜
〔英〕威廉·莎士比亚　著
许渊冲　译

商 务 印 书 馆 出 版
（北京王府井大街36号　邮政编码100710）
商 务 印 书 馆 发 行
南京爱德印刷有限公司印刷
ISBN 978 - 7 - 100 - 19409 - 9

2021 年 3 月第 1 版	开本 765×965　1/32
2021 年 7 月第 2 次印刷	印张 4½

定价：64.00 元

目 录

第一幕 …………………………… 1
第二幕 …………………………… 32
第三幕 …………………………… 63
第四幕 …………………………… 99
第五幕 …………………………… 112
译后记 …………………………… 132

剧中人物

欧西诺　伊利亚公爵
丘里欧　公爵侍臣
华伦廷　同上
薇荷娜　后化装为瑟莎略
海船船长
瑟巴淀　薇荷娜（双胞胎）之兄
安东略　另一海船船长
奥莉薇　伊利亚一伯爵之女
玛利亚　奥莉薇侍女
托比·贝奇爵士　奥莉薇之叔
安德鲁·瘦脸爵士　托比爵士之友
马沃略　奥莉薇总管
费彬　奥莉薇侍仆
费事的　同上，小丑

乐师、水手、侍臣、官员、仆人侍从及一神甫。

地点

伊利亚东海岸

第 一 幕

第一场

公爵府

(伊利亚公爵欧西诺及丘里欧等侍臣在乐声中上。)

欧西诺　假如音乐能够喂饱爱情,那就不要停止奏乐。要听得多情人耳鸣心醉,舍生忘死。这一曲周而复始,忧郁低沉,像温柔的微风抚摸着海滨的紫罗兰,偷走了花香,带来了蜜意。够了,不要再奏乐了,音乐不如刚才美妙动听。啊,爱情的神灵,你能使人一见倾心,一曲难忘,虽然身轻如风,却能海纳百川。顷刻之间,你能化贫贱为高贵,使财富无价值。你灵机一动,就能瞬息万变,真是举世无双。

丘里欧　主公去打猎吗？

欧西诺　什么，丘里欧？

丘里欧　有心情去猎鹿吗？

欧西诺　我当然有高高向上的心情。啊，当我第一眼看到奥莉薇的时候，就像拨云见天一样，她立刻成了超凡脱俗的猎神，带着雷鸣电驰的猎犬，攻入了我雄鹿般的心灵，一直追逐不停。

（华伦廷上。）

怎么样，我的美人有什么消息？

华伦廷　主公请听我说。我没有见到她，只听她的侍女讲：为了悼念她热爱的兄长，她不管盛夏严冬，都要闭门哀悼，不见外人，像个女修道士一样戴着面纱，每天用眼泪洗脸，用酸苦的泪水洒遍内室，来安慰她悲恸的内心，使兄妹之爱永留心头。

欧西诺　她的心灵真是七窍玲珑，对于兄妹之爱都如此难分难舍。如果爱神的金箭射中了红心，使其他感情都黯然失色，如果肝胆心脑的宝座都洋溢着尽善尽美的感情,听命于唯一的真神,那会是什么光景呢?

　　不要挡住到花丛中的去路,
　　　林荫中真情才更容易流露。

(众下。)

第 一 幕

第二场

海滨

(薇荷娜、船长及数水手上。)

薇荷娜　朋友们,这是什么地方?

船　长　这里是伊利亚,小姐。

薇荷娜　我为什么要来伊利亚?我哥哥已经到风光旖旎的另一世界去了,但愿他没淹死。水手兄弟,你们看可能吗?

船　长　也有可能,你自己不就得救了吗?

薇荷娜　啊,我可怜的好哥哥!但愿他能逢凶化吉。

船　长　小姐,的确,你可以相信吉人自有天相。放心吧,在我们翻船的时候,你和一些可怜人侥幸拉住了这条小船时,我看见你哥哥也是

	吉人天助，——奋斗的勇气和求生的希望使他抓住了一根在海上漂浮的大桅杆，就像希腊音乐家在海难中用美声迷住了海豚一样，他也在疾风恶浪中作生死斗争呢。
薇荷娜	你这番话应该得到重金报答，我死里逃生的经历打开了他有希望得救的大门。你知道这是什么地方？
船　长	知道，我出生的地方离这里只有三小时的路程。
薇荷娜	这地方归什么人管？
船　长	一位名副其实的公爵。
薇荷娜	他的尊姓大名呢？
船　长	欧西诺。
薇荷娜	欧西诺。我听父亲谈起过他，那时他还是单身呢。
船　长	现在还是，至少不久以前还是。一个月前我离开这里，就有新鲜传闻——你知道大人物的一举一动都会引起闲谈议论——听说他爱上了美丽的奥莉薇。
薇荷娜	她是一位怎样的美人？

船　　长　一位名声很好的美人，一位伯爵的女儿。伯爵大约一年前去世了，把她交给她的兄长，不料她兄长也相继离世。据说他们兄妹情深，她就不愿再同男人相亲了。

薇荷娜　我真想侍候这位美人，那就可以在时机成熟之前，不让别人知道我的身份了。

船　　长　这就难了，因为她不愿接受别人要求，包括公爵在内。

薇荷娜　那你可以做件好事，船长。虽然上天造人往往外表胜过内心，但是我看你却是内外如一的。我想请你隐瞒我的身份——我会重谢你的——把我女扮男装去做公爵的亲随侍臣。你不会枉费心力的，因为我能歌善唱，可以博得他的欢心。以后的事我们再说，出谋划策全都有我。

船　　长　你去做他的亲随，我只做你的哑巴。
即使眼睛瞎了，舌头也不会乱说话。

薇荷娜　谢谢你了，请带路吧！

（众下。）

第一幕

第三场

奥莉薇府

（托比爵士及玛利亚上。）

托 比　我的侄女怎么把她哥哥去世看得这么重？对死者的挂念是对生者的不关心啊。

玛利亚　说实话，托比老爷，你夜里应该早点回来，我家小姐对你回来的时间太晚，已经是格外容忍的了。

托 比　怎么，她不能容忍我？我还不能容忍她呢！

玛利亚　但是你也得遵守起码的规矩呀！

托 比　什么规矩？我穿什么衣服，就守什么规矩。这套衣服，这双靴子，穿着去喝酒，真是再好也没有了。

若不合适，就用鞋带把靴子吊死吧。

玛利亚　这样喝酒会毁了你的。我听小姐说，你昨天还带了一个傻头傻脑的武士来向她求婚呢。

托　比　谁呀？是安德鲁·瘦脸爵士吗？

玛利亚　啊，就是他。

托　比　他不比伊利亚任何人低一头呀！

玛利亚　那又有什么用？

托　比　怎么，他一年有三千金币的收入呢。

玛利亚　这些金币他一年就花光了，这个大傻瓜，浪荡子！

托　比　去你的吧，你怎么这样说！他会夹着腿弹琴（谈情），不查字典就会字对字地翻译或者说三四种语言呢。他是个天生的大口才！

玛利亚　他的确是天生的大口才，吵起架来，若不是他胆小怕事，不敢煽风点火，他的好口才就要请他进一口好棺材了。

托　比　我敢发誓，这样说他的人都是造谣污蔑，是什么人这样说的呀！

玛利亚　他们还说：他每天夜里都和你在一起喝酒，喝得天旋地转。

托　比　我们喝酒是祝我的侄女健康。只要我的喉咙能喝，只要伊利亚还有酒店，我就要为她喝得酩酊大醉。谁不为她喝得头昏眼花，像个陀螺似的转得天昏地暗，那就是个胆小鬼、下流人。傻丫头，不要胡说八道！安德鲁爵士来了。

（安德鲁·瘦脸爵士上。）

安德鲁　托比·贝奇爵士，你怎么样，托比·贝奇爵士？

托　比　好个安德鲁爵士。

安德鲁　（对玛利亚）老天保佑你，漂亮的小老鼠。

玛利亚　老天保佑你，爵士。

托　比　招呼招呼，安德鲁爵士。

安德鲁　她是谁呀？

托　比　我侄女的侍女。

安德鲁　好一个招呼小姐，我们结识结识吧。

玛利亚　爵士，我的名字是玛利。

安德鲁　好个玛利招呼小姐——

托　比　好汉，你搞错了，"招呼"就是上前说话，讨她喜欢。

安德鲁　说老实话，我不能在这个场合做这种事，这是招呼的意思吗?

玛利亚　再见吧,两位。(准备离开。)

托　比　你就这样让她走了,安德鲁爵士?你就再也不必冒充好汉了。

安德鲁　如果你就这样一走,我就再也不能冒充好汉了,漂亮的小姐,你以为你手里掌握的是一个傻瓜吗?

玛利亚　我并没有妨碍你的手欺软怕硬呀!

安德鲁　圣母玛利亚在上,我可以让你瞧瞧硬的。(伸手过来。)

玛利亚　爵士,你可以胡思乱想,我看你还是把你的硬家私送到酒店床帘里去吧。

安德鲁　这是什么意思,可爱的人儿?你说的是什么"拉手好戏"?

玛利亚　好戏也硬不起来了,爵士。

安德鲁　我想也是这样。我不是条笨驴,指头总会硬起来的。你开的是什么玩笑?

玛利亚　雨里淋湿了的还能干得了吗,爵士?

安德鲁　你一肚子都是笑话吗?

玛利亚　我随手一抓,就是一大把。圣母玛利亚在上，我现在要放开你的手。(放手。)我手里也就空空如也了。(下。)

托比　啊，好汉，我看你还缺一杯酒。什么时候我见过你这样垮台的?

安德鲁　你一辈子也没见过，除非你看到甜酒把我灌醉了。我看我并不比普通人聪明，但是我喜欢吃牛肉，有时会使我其笨如牛。

托比　没问题，是这样。

安德鲁　要是我这样想，我就要放弃这里，明天打马回家去了，托比爵士。

托比　为什么[①]，我的好汉?

安德鲁　为什么[②]是什么意思?要是我没有把时间花在练剑、跳舞、猎熊上，而是学了外国语或者艺术，那就好了。

托比　那你就会满头好头发了。

安德鲁　你以为那会使我的头发卷起来吗?

托比　没问题，因为你知道，头发是不会自己卷起

---

① 译注:原文为法文。
② 译注:原文为法文。

来的。

安德鲁　头发不卷，对我不正好吗？

托　比　好极了，你头发披下来，就像纺车上的纺线，如果纺织大娘把你的头夹在纺车里一纺，岂不更好？

安德鲁　的确，我明天要回家去了，托比爵士。你的侄女见不到，即使见到了，得到的机会也不到四分之一。听说这里的公爵也在向她求亲呢。

托　比　她不会要公爵的，她不会嫁高她一等的人，无论是财富、年龄，还是聪明才智。我听她发过誓，嘿，你还有希望呢，老兄。

安德鲁　那我就再待一个月吧。我是世界上脾气最古怪的人，既喜欢真面目，又喜欢假面具，有时却真相毕露。

托　比　你会情场上的歪门邪道吗，我的好汉？

安德鲁　那决不在伊利亚任何人之下，除了地位更高的达官贵人和情场老手，这可不能相提并论。

托　比　你欢天喜地的拿手好戏是哪一出，好汉？

安德鲁　说老实话，我会从床下跳到床上。

托　比　不管床上人正经不正经？

安德鲁　我会和任何伊利亚人一样进退自如,可攻可守。

托　比　那你为什么要保密呢?为什么要把这些宝贝用帘幕遮起来,像圣母玛利亚的画像一样一尘不染?为什么不可以欢天喜地去上教堂,又飞腾雀跃地回来?我却走起路来就是跳快步舞,小便也要奏五步曲。你这是什么意思?难道世上的好事都要瞒着人干吗?我也的确那样想过,并且敢用你在舞星照耀下的大腿起誓。

安德鲁　我的大腿结实,不管穿什么袜子都行。我们还是喝酒去吧。

托　比　还有什么可做的呢?难道我们不是吉星高照吗?

安德鲁　吉星也照内心外形。

托　比　不,老兄,照的是大腿和屁股。让我看你跳起来吧。

（安德鲁跳起舞来。）

哈哈,腿抬高点!哈哈,跳得好极了!

（同下。）

第 一 幕

第四场

公爵府

（华伦廷，薇荷娜扮男装为瑟莎略上。）

华伦廷　如果你这样讨公爵喜欢，瑟莎略，看来你很快就要成他手下的红人。你才来了三天，他已经不把你当外人了。

薇荷娜　你是不是怕他的脾气捉摸不定，或者怕我做事粗心大意，就担心他会对我怎么样？老兄，他的爱好是不是变化无常的？

华伦廷　不是，我敢保证。

（欧西诺公爵、丘里欧等侍臣上。）

薇荷娜　谢谢你告诉我。公爵来了。

欧西诺　谁看见瑟莎略了吗？

薇荷娜　　大人,我在这里听命呢。

欧西诺　　你们大家站开吧。——瑟莎略,你已经没有什么不知道的了。我已经向你揭开了灵魂中秘密的一页。所以,好个小伙子,迈开你的大步去找她吧;如果她拒绝接见,你就站在门口,说你的脚已经落地生根了,不见到她决不离开。

薇荷娜　　好,我高贵的主公。不过,如果她像人家说的那样沉浸在悲哀中,恐怕是不会见我的。

欧西诺　　那就吵得她不能安宁,不管什么规矩礼节,只要不是毫无所得,不是空手归来就行。

薇荷娜　　那就是说,我得和她面谈。主公还有什么吩咐?

欧西诺　　你要吐露我的真情实意,用我的肺腑之言使她喜出望外。有你来表达我内心的忧伤,那是再好不过的了。青春年少的使者说出来的甜言蜜语,比老成持重的忠言警语更能打动人心。

薇荷娜　　我怕不会一帆风顺。

欧西诺　　亲爱的年轻人,听我的话;那些说你是成年

15

人的都看不出你的年龄，天上月神的金口玉言也比不上你红宝石般的嘴唇，你的轻言细语像是妙龄少女的甜蜜声音一样入耳动听，看起来不像是女人，却又胜过女人。我一眼就看出你是高照人间喜事的吉星。——派几个人跟他去，都去也行。眼前人少，心也安静。希望你一切顺利，你就可以和你的主子一样自由自在，因为你的命运已经和他息息相关了。

薇荷娜　我会尽力而为的，——

为你求爱会是徒劳无功，好事难成。

无论向谁求婚，我都要做公爵夫人。

（同下。）

第 一 幕

第五场

奥莉薇府

（玛利亚及费事的小丑上。）

玛利亚　不，你不告诉我你到哪里去了，我决不开口为你说一丝一毫好话。小姐正因为你不在，说要吊死你呢。

费事的　那就让她吊死我吧，死了也就不害怕了。

玛利亚　你说明白一点。

费事的　死了还会怕什么人吗？

玛利亚　你这话说了等于没说。我可以告诉你这话的由来。

费事的　这话是从哪里来的，玛利亚姑娘？

玛利亚　打仗要人送命就这样说，说傻话也可以依样

	|画葫芦。
费事的	上帝把聪明给了聪明人,至于傻瓜,那就要看他自己有没有本事变聪明了。
玛利亚	你这样游手好闲真该吊死,不吊死也该赶走,对你说来,赶走和吊死不都一样好么?
费事的	好好吊死免得嫁个坏蛋,若要赶走,天热正好。
玛利亚	那么,你决定了?
费事的	没有,我决定要拉紧裤带的两头。
玛利亚	一头松了,还有另一头;两头都松,裤子就落地了。
费事的	说得好,去你的吧!要是托比老爷不喝酒要配对的话,伊利亚哪个女人也比不上你这张歪嘴合适。
玛利亚	住嘴,坏蛋,小姐来了,耍你的嘴皮子去吧。

(奥莉薇小姐、马沃略及侍从上。)

| 费事的 | (旁白)耍小聪明吧,让我好好戏弄你们一番。自作聪明的人其实是大傻瓜,而我这个不耍聪明的人并不糊涂。那个不学无识的法国人怎么说来着:"与其做一个糊涂的聪明 |

　　　　　人，不如做个俏皮的糊涂虫。"
　　　　　（对奥莉薇）老天保佑小姐。

奥莉薇　（对侍从）把傻瓜赶出去。

费事的　你们没有听见吗，傻瓜？把小姐赶出去。

奥莉薇　去吧，你这个干巴巴的傻瓜，我用不着你，何况你越来越不像话了。

费事的　我的好小姐，这个毛病只要喝酒就可以解决。干巴巴的傻瓜一喝酒就浑身湿透，衣服湿了或者破了，找个裁缝打个补丁就行。改掉毛病不就是打补丁吗？道德出了毛病就是打上了罪过的补丁。罪过得到改正就是打上了道德的补丁。这是简单的逻辑三段论。如果管用，那好；如不管用，那有什么办法呢？戴绿帽子总是灾难，香草美人就是补丁。所以小姐说把傻瓜带走，就是把傻瓜的补丁小姐带走。

奥莉薇　老兄，我要他们把你带走。

费事的　那是天大的错误。小姐，披袈裟的不一定是和尚，穿小丑花衣服的也不一定是傻瓜。好小姐，要不要我来证明你是个傻瓜呢？

奥莉薇　　你做得到吗？

费事的　　妙语就能生花，我的好小姐。

奥莉薇　　拿出证明来。

费事的　　那我得先盘问你了，我的好小姐，不偷油吃的小老鼠，我来问，你来答。

奥莉薇　　随便你干什么傻事，时间总是要过去的。那就听你的证明吧。

费事的　　我的好小姐，你在哀悼谁呀？

奥莉薇　　好一个大傻瓜，哀悼我兄长的亡灵呀。

费事的　　我想他的灵魂一定是进地狱了，我的好小姐。

奥莉薇　　我知道他的灵魂一定在天堂，傻瓜。

费事的　　那就更傻了，好小姐。为什么要哀悼在天堂的灵魂呢？这不是大傻瓜吗？来人，把傻瓜赶出去。

奥莉薇　　你看这傻瓜怎样，马沃略？消磨时间还用得上吧？

马沃略　　时间越长，越用得上。聪明人越老越糊涂，傻瓜却越老越有用。

费事的　　上天让你快变老吧，那可以更愚蠢了。托比老爷肯发誓说我不是狐狸，但若要他出两分

	钱说你不是傻瓜，恐怕他还不肯干呢。
奥莉薇	你听他说得怎么样，马沃略？
马沃略	我奇怪小姐怎么会喜欢这样头脑空洞的傻瓜。有一天我看见他给顽石逼得要点头呢。他现在就要招架不住。你不笑着帮忙，他就要张口结舌了。我敢说学乌鸦笑的聪明人不过是傻瓜的帮腔而已。
奥莉薇	啊，马沃略，你犯上了自高自大的毛病吧。有点随心所欲，不分轻重，把鸟枪当炮弹了。一个小丑可以胡说八道，没人见怪，而一个谨慎人即使是指出别人的错误，也不能意气用事的。
费事的	怎么，欺骗大神让你上当了吗？你怎么说起小丑的好话来了。

（玛利亚上。）

玛利亚	小姐，门口有一个年轻人要和你面谈。
奥莉薇	是欧西诺公爵派来的吗？
玛利亚	我不知道，小姐，是一个漂亮的年轻人，还带了随从呢。
奥莉薇	谁让他待在门口的？

玛利亚　是托比老爷子。

奥莉薇　你请他不要多管闲事,他说起话来疯头癫脑。让他走开吧。

（玛利亚下。）

马沃略,你去看看,如果是公爵派来的人,就说我病了,或不在家,随你怎么说都行。

（马沃略下。）

现在,老兄,你的俏皮话不新鲜,不讨人喜欢了。

费事的　我的好小姐,你已经为我说过好话了,说得好像小丑是你家的宝贝儿子似的,满脑子都是聪明话。——瞧,他来了。——

（托比爵士上。）

他满脑子装的似乎都是糨糊。

奥莉薇　天哪,又是半醉,（对托比爵士）——门口是什么人?

托　比　一个上流人。

奥莉薇　上流人?怎么样的上流人?

托　比　（见费事的）这里又来了个上流人——该死的下流货——傻瓜,你怎么样啦?

费事的　好个老爷子!

奥莉薇　老爷子，老爷子，怎么这样早就喝醉了？

托　比　合嘴了，我可不喜欢合嘴了。门口倒来了个合嘴的。

奥莉薇　啊，天哪，他是个怎样的人？

托　比　管他是人是鬼，我可不在乎。相信我，我说。不过，相信不相信都一样。（下。）

奥莉薇　傻瓜，你看醉鬼像什么？

费事的　像淹死的浮尸，像傻子，像疯子。多喝一杯热酒会使他发傻，第二杯使他发疯，第三杯会使他成浮尸。

奥莉薇　那你去找一个验尸的人来，让他看看老爷子，他已经多喝三杯，要淹死了。你去看看吧。

费事的　他还只是发疯，好小姐，傻子该去照顾疯子。（下。）

（马沃略上。）

马沃略　小姐，那个年轻人发誓要和你面谈，我说你病了，他说他会治病；我说你睡了，他说要叫醒你。你叫我说什么好。他是全副武装，刀枪不入。

23

奥莉薇　告诉他我不会和他面谈的。

马沃略　我已经告诉他了,但是他说他要像官府前的旗杆一样竖立在门口不走,像凳子腿一样坚持不屈,一定要见你面谈。

奥莉薇　他是个怎样的人?

马沃略　怎样的?一个普通人。

奥莉薇　他的态度怎样?

马沃略　态度不好,但要和你面谈。你是见他还是不见?

奥莉薇　他的外表如何?多大年纪?

马沃略　年纪说大不到壮年,说小不是少年,像青而不绿的豆荚,红而不炫的苹果,他正处在生命的转折点,在青春与华年之间。他看起来讨人喜欢,说话机灵,但身上闻得到母奶未干的甜味。

奥莉薇　让他进来吧,叫我的亲随也来。

马沃略　亲随姑娘,小姐叫你呢。

(玛利亚上。)

奥莉薇　把我的面纱拿来,遮在我脸上,我们再听听欧西诺有什么话要说。

（薇荷娜及随从上。）

薇荷娜　请问哪一位是令人眼花缭乱的主子？

奥莉薇　对我说吧，有什么话，我都可以回答。

薇荷娜　光辉灿烂、精美绝伦、举世无双的天姿国色——请告诉我谁是这位绝代佳人，因为我还没有见过她呢。我舍不得浪费言辞，因为文字写得绝妙，而我又下了苦工才背得出的。两位美人，不要瞧我不起，我可能太敏感了，听不得一句不客气的话。

奥莉薇　你从哪里来的，先生？

薇荷娜　我只会把我背熟了的话照样说出来，而你提的问题是我没有背熟的。好人呀，委屈你答应我谦逊的请求，告诉我你是不是府上的主人，我好背诵我记住的言辞吧。

奥莉薇　你是演喜剧的吗？

薇荷娜　从内心深处说，不是。不过为了对付罪恶的爪牙，我又不得不发誓，说我是在演戏。你是府上的主子吗？

奥莉薇　如果我没有篡夺自己的位子，那我就是的。

薇荷娜　非常肯定，如果你不是女主人，你就是篡夺了她的位子，因为你可以给人的，不是你自己可以保留的，不过这不是我要谈的任务。我要继续对你赞美，然后告诉你我真正的目的。

奥莉薇　说重要的吧。我原谅你那些客套话。

薇荷娜　唉，那是我好不容易才背熟的，而且有诗意呢。

奥莉薇　那就更是虚情假意了，请你留在肚子里自己享受吧。听说你在门口说话口无遮拦，我要看看你是何等人物，并不要听你的高谈阔论。有话快讲，我没有闲情逸致听人对着月亮说梦话。

玛利亚　先生，你可以启航了。这里就是航道。

薇荷娜　多谢你这位大水手的指点，我还不想动身，你何必忙着洗甲板呢？好小姐，请你管管你这位大管家好不好？

奥莉薇　说说你的心里话吧。

薇荷娜　我只带来了我主子的心里话。

奥莉薇　那你要说的，一定是不讨人喜欢的话，你这几句客套话已经是够难听的了。说明你的来

26

意吧。

薇荷娜　我的话只有一个人听才能入耳。我带来的不是宣战书,也不是劝降表;我手里拿的是橄榄枝,我嘴里吐出的是和气加好意。

奥莉薇　那你为什么一开始就好不客气?你是什么人?来干什么事?

薇荷娜　我对你们不客气,是跟你们学的。我是什么人,要做什么事,就像童贞女的隐私一样,进了你的耳朵是仙乐,凡人听了却会自惭形秽。

奥莉薇　那你们都退下去吧,让我和他单独听听仙乐。

（玛利亚及侍从下。）

现在,仙人,奏你的仙乐吧。

薇荷娜　最可爱的仙女——

奥莉薇　这话听得令人心旷神怡,叫人浮想联翩,那你的仙乐呢?

薇荷娜　在欧西诺心里。

奥莉薇　在他心里?在第几页?

薇荷娜　按部就班,在第一页。

奥莉薇　我听过他的话都是异端邪说。

薇荷娜　　好个天仙化人，我能一睹仙容吗？

奥莉薇　　难道王公显贵、凡夫俗子有什么要和天姿国色打交道的吗？你的声色狗马已经远离仙乐乐章的主题了。不过我们还是可以揭开面纱，让你一见真面目的。这就是现实的我。你看想象和现实有没有差距？

薇荷娜　　上帝造化之工，怎能不是生花妙笔？

奥莉薇　　但人是风尘中人，经不起风尘磨炼。

薇荷娜　　这是天人合一的写照：白里透红，大自然的妙笔在人间留下的春色。小姐，你是人世最狠心的仙女，如果你的天生丽质不在人间留下副本的话，那会是无法弥补的损失。

奥莉薇　　我怎会那样自私？我会留下一张表里如一的面目清单，加上随心所欲的赞赏。如红而不艳的嘴唇，顾盼自如、垂帘神游的眼睛，左右逢源的颈脖，留住无边春色的下巴，这些不都是你要来说的话吗？

薇荷娜　　我看到的真面目是天之骄女，即使你是魔女下凡，也是举世无双的。我的主子拜倒在你脚下，这份情爱，即使是绝代仙子下凡，也不会不回眸一笑的。

奥莉薇　他是怎样爱我的呢？

薇荷娜　五体投地的爱情，泪如泉涌，呻吟犹如雷鸣，悲叹又如熊熊烈火。

奥莉薇　你家主子已经知道我内心的感受，我知道他的人品高尚，家世高贵，楼台林立，度过纯洁无瑕的青春，赢得千百群众的欢呼，热爱自由，博学多才，勇敢坚强，天生的不高不低，不瘦不肥，讨人喜欢，但却没有赢得我的爱情。他早就该知道我的答复了。

薇荷娜　如果我像主子一样对你迸发了如火的热情，同时又受到痛苦的煎熬，过着虽生犹死的日子，那我真不能理解你为什么会拒绝他。

奥莉薇　那么，你会怎么样呢？

薇荷娜　我会在你门前用失望的柳条编织一间茅舍，每天向你发出心灵的呼声，唱着忠贞不移、百折不回的情歌，唱得黑暗的深夜也闪烁出光辉，远山也遥相呼应你的芳名，使流动的空气像喋喋流水一般埋怨茉莉蔷薇，唤起你同情的回声。

奥莉薇　你倒会起死回生了。你出生在什么家庭？

薇荷娜　我过去比现在的命运更好，不过现在也很不错，是个上流人。

奥莉薇　回去告诉你家主子：我不可能爱他，请他不要再派人来了，除非你有空来来也好，告诉我他要怎么办。再见吧，谢谢你来，这点小费聊表谢意。

薇荷娜　我不是收费的信使，小姐，请你收回你的谢礼吧。需要报答的不是我，是我的主子。但愿爱情之神能给爱你的人一副铁石心肠，使你也像我主子一样备受折磨，那时你才会知道什么是爱情。再会吧，漂亮的无情人！（下。）

奥莉薇　"你出生在什么家庭？""过去比现在的命运更好，不过现在也很不错，是个上流人"，我敢发誓：你是的。你的语言、面目、五官四肢、举止态度，都说明了你可以得金质奖章，不要赶得这样快，且慢，且慢！除非主客换个位子！这是怎么了？这么快就钟情了？我觉得这个十全十美的年轻人怎么不知不觉就溜入了我的眼帘，偷走了我的心？那好，随他去吧。(马沃略上。)有什么事吗，马沃略？

马沃略　小姐有什么吩咐？

奥莉薇　你快去追上那个怪里怪气的送信人，他不管我要不要，就留下了这个戒指，告诉他我不接受。(把戒指给马沃略。)不要让他去主子面前讨好，使他主子抱有幻想，我不是他的人。如果这个年轻人明天再来，我会和他讲清楚的。你快去吧，马沃略。

马沃略　小姐，我会照办的。(下。)

奥莉薇　我不知道，也怕发现

我的眼睛把我欺骗。

命运，你的力大无穷，

一声令下，谁敢不从？(下。)

第 二 幕

第一场

海滨

（安东略及瑟巴淀上。）

安东略　你要走了。不要我和你同走吗?

瑟巴淀　对不起，不必了。我的星辰黯淡，不要让我倒霉的命运连累了你，所以，我求你还是让我一个人承担更好。若是要我报答你的好意，我也不能加重你的负担。

安东略　那告诉我你要到哪里去，好吗?

瑟巴淀　不，说实话，我决定去什么地方是随兴所至的。我看你如此尊重别人，当然不会要我提前泄露我还没有决定的事情，你当然知道，安东略，我的名字是瑟巴淀，但我过去却叫罗德里戈。我的父亲是美萨林的瑟巴淀，这点我知道你听说过。他死后留下了我和一个妹妹，我们是同一个时辰生下来的双胞胎。如果老天不高兴，我们本来也可能在同一个时辰离开人世的。但是，老兄，你改变了天意，几个小时前，你在海滩上救了我的命，而我妹妹却淹死了。

安东略　唉，这是天命。

瑟巴淀　老兄，说来她很像我，不少人说她是个漂亮的姑娘。我虽不能相信太高的评价，但我敢大胆说一句，即使是妒忌她的人也不会否认她有美丽的心灵。她已经给大海的苦水淹死了，我却又要用泪水来淹没对她的记忆。

安东略　对不起，老兄，我没有给你带来安慰。

瑟巴淀　啊，好个安东略，请你原谅我给你带来的麻烦。

安东略　如果你不嫌弃，我愿意跟着你去。

瑟巴淀　如果你不愿意化恩为怨，救人之后，又使他走上绝路，那就千万不要提跟随的事。我就要走了。我的内心充满了母亲遗留下来的惜别之情，一说再见，眼睛就要流出内心的苦水了。我要到欧西诺公爵的宫廷去。再见吧。(下。)

安东略　让天神的好意保佑你一路平安。公爵的宫廷里有我的对头，要不然，我很快就要去找你了。

但是无论如何，我喜欢和你在一起，

危险对我有如游戏，我就要去看你。(下。)

第 二 幕

第二场

街道

（薇荷娜上,马沃略随后上。）

马沃略　你不是刚刚见过奥莉薇伯爵小姐的吗?

薇荷娜　正是,我走得慢,离她家还不远呢。

马沃略　（拿出戒指。）她把这个戒指还你,先生。如果你早把这个戒指带走,就可以免掉我这次的麻烦了。她还说你可以劝你的主子断了这个念头,她是不会和他结合的。她又说你也不必再为他操劳了,除非是来回报你的主子是如何对待这件事的。把你的戒指拿走吧。

薇荷娜　她拿走了我这个戒指。我现在用不着了。

马沃略　来吧,先生。你阴阳怪气地把这个戒指给她，所以她也要这样还给你。（把戒指丢地上。）如果你愿意弯下腰去捡起来，它就在你眼前。如果你不愿捡，那谁捡到就是谁的了。（下。）

薇荷娜　我并没有给她戒指呀。这是什么意思？难道我的外表迷住了她的眼睛，使她的嘴巴乱说话了？的确，她说话有些颠三倒四。肯定是她爱上了我。她流露的感情看上了我这个传信的乡下人。不要我主子的戒指？怎么？他没有给她戒指呀，那她爱上的就是我了。果真如此，就会是幻梦一场。弄虚作假是魔鬼的伎俩，女扮男装居然可以勾引女人。那结果会怎么样？我的主子爱她爱得要命，而我却爱我的主子，她偏偏又错把我当情人。我既然女扮男装，自然得不到我主子的爱情；但我实际是个女人，可怜的奥莉薇又要浪费多少长吁短叹呢。

　　时间可以解决问题，
　　　我却是有心而无力。（下。）

第 二 幕

第三场

奥莉薇府

（托比爵士同安德鲁爵士上。）

托 比　过来,安德鲁爵士,半夜还不上床就是早起,有利于健康,这你是知道的——

安德鲁　不,说老实话,我只知道起床晚了就是晚了。

托 比　那是个错误的结论,像空酒瓶一样讨人厌。半夜起床然后又再上床,这就是早起,所以半夜上床就是按时休息。我们的生活难道不就是早起、早睡、晚起、晚睡这四条规律吗?

安德鲁　不错,大家都这样说。不过我看还该包括大吃大喝。

托　比　你有学问,那就让我们大吃大喝吧。玛利,拿酒来!

（费事的小丑上。）

安德鲁　来了个傻瓜,不是吗?

费事的　怎么,我的好心人,难道你们没见过一个傻瓜骑两条笨驴吗?

托　比　欢迎,笨驴,现在,让我们唱起来吧。

安德鲁　说真的,傻瓜的胸膛大,好唱歌,我愿出四先令买他跳舞的大腿和唱歌的喉咙。你昨夜装疯卖傻真不错,说阿奇力士追美人鱼一直追过了赤道,说得好。我给了你六便士买柠檬酒,拿到了没有?

费事的　你的小费我放进了荷包。阿奇力士的鼻子不是鞭子,不会去美人鱼酒窟寻花问柳。

安德鲁　好极了,说来话长,这是最妙的胡说八道。

托　比　来吧,给你六便士,（把铜币给费事的。）唱支歌吧。

安德鲁　有人开头,我又何必落后?（给费事的一铜币。）

费事的　你们要听情歌还是警世歌曲?

托　比　当然是情歌,是情歌。

安德鲁　对,对,我可不在乎什么警世玩世。

费事的　(唱)你在哪里流连忘返,我的情人?

　　　　　　你的情人来了,请你站住听听。

　　　　　　他能高唱入云,也能深入人心。

　　　　　　不要走得太远,我亲爱的知音。

　　　　　　不要让山水隔断相逢的途径,

　　　　　　谁不知道这点,只要耳聪目明?

安德鲁　唱得好。说真的。

托　比　真好,真好。

费事的　(唱)什么是爱情?它不在未来。

　　　　　　尽情地欢笑,应该是现在。

　　　　　　未来的事情,谁能看得清?

　　　　　　美好的时候,会越来越少。

　　　　　　二十岁一过,怎么不吻我?

　　　　　　青春一浪费,千金买不回。

安德鲁　唱得快,真畅快,就像我是好汉一样。

托　比　歌声有感染力。

安德鲁　非常甜蜜,有传染力,说真的。

托　比　你是用鼻子听的,连香味也听出来了。我们

　　　　要不要与天同乐，把夜枭吵得不安生，使地狱里还没织完的阴魂也死里逃生？

安德鲁　如果信得过，这事交给我，我会教狗也唱歌。

费事的　圣母在上，老兄，有的狗唱得还不错。

安德鲁　那好，我们就唱"你这流氓"好不好？

费事的　"不要说了，你这流氓！"好汉，一唱，我就不得不叫你作流氓了。

安德鲁　这并不是头一回我给人叫作流氓。唱吧，傻瓜，开头一句是："闭住你的鸟嘴！"

费事的　闭住了鸟嘴，怎么唱呢？

安德鲁　问得好，的确是。那就开始唱吧。

　　　　（唱歌。）

　　　　（玛利亚上。）

玛利亚　你们怎么在这里学起猫叫春来了！要是小姐听见了，不叫马沃略总管打发你们滚蛋，那才怪呢。

托　比　小姐是旧教徒，我们是新人物，马沃略是个包打听。"我们是三个快活人。"难道我不是她的血亲吗？难道我们不是一家人吗？真不像话，天呀！

（唱）"巴比伦有个人，女人，女人！"

费 事 的　开开眼界，好汉真有本领胡搅蛮缠。

安 德 鲁　他心情好就开玩笑，我也一样。不过他的玩笑显得做作，我却更加自然。

托　　比　（唱）十二月十二日——

玛 利 亚　看在老天的分上，不要闹了。

（马沃略上。）

马 沃 略　两位老爷，你们疯了吗？你们是什么人！难道这样没有头脑，不懂规矩，不肯老老实实，要像醉鬼一样闹个通宵？是不是要把小姐的伯爵府闹得像个小酒店？你们高声大唱下流歌曲，一点也不放低声音，也不管是什么时间，什么地方。难道你们目中无人，到了这个地步吗？

托　　比　我们唱歌都打拍子，老兄，这不是遵守时间吗？闭上你的鸟嘴吧。

马 沃 略　托比爵士，我老实告诉你：虽然小姐让你作为亲戚住在她家，但她并没有答应亲戚破坏规矩、胡作非为。假如你们并不胡闹，那是可以住下去的。如果再要破坏规矩，那她就要欢送你们离开了。

托 比　（唱）再见吧，亲爱的人儿，既然我不得不离开。

玛利亚　不，托比好老爷。

费事的　（唱）从他眼睛里可以看出：好日子不会再来。

马沃略　已经到了这一步吗？

托 比　（唱）但我不会走向死亡。

费事的　托比老爷，你在说谎。

马沃略　这点我倒信得过。

托 比　（唱）我能叫他去吗？

费事的　（唱）让他去又怎样？

托 比　（唱）如果我让他走，一点也不原谅？

费事的　（唱）不，不，不，不，你不敢这样。

托 比　唱错调了，老兄。你也说得不对，你不过是个管事的，难道以为你守规矩，就可以不给我们酒肉吗？

费事的　对的，圣安妮在上，生姜在口里还要是辣的。

托 比　你说对了。去吧，老兄，用面包屑去擦亮小姐的项链吧。拿一瓶酒来，玛利亚。

42

马沃略　玛利亚大姐，如果你还对得起小姐把你看得这么重，你就千万不要上这些人的当。我举手发誓，我会告诉小姐的。（下。）

玛利亚　去摇你驴子的长耳朵吧。

安德鲁　这就像饿了要喝酒一样，向他挑战，要和他决斗，然后又故意失约，把他当作傻瓜。

托　比　干吧，好汉，我来给你写挑战书，或者口头发泄你瞧不起他的这口恶气。

玛利亚　托比好老爷，忍耐一夜吧。小姐今天见了公爵派来的年轻人，有点心烦意乱。马沃略让我来对付。我不玩得他闹笑话，夜里上床也睡不直的。相信我吧。

托　比　让我们知道，让我们知道，告诉我们他到底是个怎么样的人。

玛利亚　他有时像个传教的人。

安德鲁　啊，早知道这样，我该像打狗一样打他一顿。

托　比　怎么？就因为他像个传教人？你肚子里打的什么鬼算盘，好汉？

安德鲁　我没有什么鬼算盘，只有正经的理由。

玛利亚　他是个魔鬼般的传教人，投机取巧，讨好卖乖的驴子，装满了一肚子官腔空话，自以为了不起，能够讨人欢喜。知道他这个毛病就好对付了。

托　比　你要怎么对付他呢？

玛利亚　我要在他走过的路上，丢下一些模棱两可的情书，信中描写他胡子的颜色，大腿的形状，走路的姿势，眼睛的表情，还有额头和脸部，使他以为是对他最带感情的描写。我能够模仿你侄女也就是我家小姐的笔迹。往事已经模模糊糊，记不清了，哪里还能分得清是谁的笔迹呢？

托　比　好极了，我闻到了这条妙计的气味。

安德鲁　气味也进入我的鼻孔了。

托　比　他会以为在路上捡到的信是我侄女写给他的，以为她是爱上他了。

玛利亚　我的主意就像特洛伊的木马——

安德鲁　你的木马要把他变成一头笨驴了。

玛利亚　笨驴，不错。

安德鲁　啊，好极了。

玛利亚　登峰造极的妙药，我敢这样说。我知道，这一剂药对他会当场见效。我会让你们二位埋伏在他捡到信的地方。你们可以看到他会怎样解释这封密信的。至于今夜,你们就去睡吧,去想象会发生什么事吧。

再见了。(下。)

托 比　再见,小鹦鹉。

安德鲁　对,好丫头。

托 比　一只好猎狗,纯种的,她还拜倒在我面前呢,那又怎样?

安德鲁　对,我也有人拜倒在地呢。

托 比　好汉,今夜睡觉去吧。你得要多寄点钱来。

安德鲁　如果我得不到你的侄女,那岂不是人财两空了?

托 比　要寄钱来,好汉,要是最后她还到不了你的手,你就可以骂我是个阉人。

安德鲁　如果我没有钱寄来,你就不要再相信我了。随你怎么办吧。

托 比　来吧,来吧,我要去喝西班牙白酒了,现在上床睡觉太晚。来吧,好汉,来吧,好汉!(同下。)

45

第 二 幕

第四场

公爵府

（欧西诺公爵、薇荷娜、丘里欧等上。）

欧西诺　奏乐吧，——早上好，朋友们。我的好朋友瑟莎略，昨夜听的那支古老歌曲，在我听来，似乎是最能消愁解忧的了。而那些轻松愉快、花样翻新的曲调，听来反倒相形减色了。来，奏一曲吧。

丘里欧　主公，唱歌的人还没来呢。

欧西诺　是谁唱的？

丘里欧　主公，是费事的那个小丑，他是奥莉薇伯爵生前喜欢的弄臣，现在已经到宫廷来了。

欧西诺　那你去要他来，现在就奏乐吧。

（丘里欧下。乐声奏起。）

（对薇荷娜）过来，小伙子，等到你也坠入了情网，感到既甜蜜又痛苦的时候，不要忘了我现在的情况。我现在就像一切真正的情人一样，对什么事都心情不定，浮躁不安；一心一意只想着心中热爱的人儿。——你喜欢这音乐吗？

薇荷娜　它引起了爱情深宫的回音。

欧西诺　你这话说的是内心深处的、得到生活经验认同的语言。虽然你年纪轻轻，但是看来你得天独厚，眼睛已经尝过爱情的滋味了。是不是这样，小伙子？

薇荷娜　多少有一点。恕我大胆说了。

欧西诺　那是个怎样的女孩子呢？

薇荷娜　外貌有点像您。

欧西诺　那她配不上你。她有多大年纪？要说实话。

薇荷娜　也和您差不多，主公。

欧西诺　老天在上，那更是太老了。女人可以找一个比她大的丈夫，她可以顺着他，使她丈夫的心向她倾倒。而小伙子，无论我们怎样抬高

47

自己，我们的感情总比女人的更加轻浮，不够稳定，往往见异思迁，摇摆不定，来得快，去得也快，不如女人可靠。

薇荷娜　这点我也想到过的，主公。

欧西诺　所以你应该爱一个比你年轻的女孩子，否则，你的爱情就不稳固了。

因为女人像盛开的玫瑰，

花开时鲜艳，很快就枯萎。

薇荷娜　这是没办法、没办法的事，

无论多鲜艳，很快就消逝。

（丘里欧领小丑费事的上。）

欧西诺　啊，好伙计，来吧，来唱昨夜的那支歌。瑟莎略，好好听，这是一首古老的、普通的歌曲，是纺纱的、织布的，还有用骨针镶花边的男女工人在阳光下唱的曲子，普普通通，没有什么令人惊奇的歌词，只是歌唱平平常常、简单淳朴的爱情，反映了我们的古老时代。

费事的　可以唱了吗，主公？

欧西诺　你就唱吧。

费事的　（唱）来吧，来吧，你死亡的魔力，让我躺进冷冰冰的棺木；
去吧，去吧，我生命的呼吸，
我怎能忍受美人的残酷！
白色的殓衣撒上紫杉枝，
啊，要准备好！
虽然我是为了爱情而死，
要把我忘掉！

没有一朵花，没有一朵花
会撒上我黑色的棺木；
没有朋友来，没有朋友把
眼泪来滋润我的尸骨。
这可以免掉一千声叹息
陪伴我入土；
没有一个情人会来哭泣，
寻找我的坟墓。

欧西诺　这是给你的酬劳。
费事的　唱歌很快活，不需要酬劳。
欧西诺　那就赏给你的快活吧。

费事的	的确,主公,快活总会有报酬的,好有好报嘛。
欧西诺	那我现在请你离开好不好?
费事的	希望忧郁之神保佑你不要忧郁。让你的裁缝为你缝一套闪光衣,可以反映你内心闪烁的光辉。你其实可以去航海周游世界,学会无中生有啊。再见了。(下。)
欧西诺	你们都下去吧。(丘里欧等侍从退到一旁。)瑟莎略,你再去找一次我那狠心的女王,对她诉说我举世无双的爱情。告诉她我并不看重肥沃的国土,数不胜数的财富,我看重的是上天给她的天生丽质,聪明灵秀,吸引了我的全部心神。
薇荷娜	但是,主公,如果她不爱你呢?
欧西诺	我不能接受这样的回答。
薇荷娜	的确,但你不得不接受,怎么办呢?假如有一个小姐,可能的确就有那么一个,她对你的爱情就像你对奥薇莉的一样,但是你却不能爱她。假如她一定要得到你的爱,那你会怎样回答她呢?

欧西诺　女人的心胸狭小，容不下心潮澎湃、汹涌奔腾、猛烈冲击心灵的那种爱情；哪个女人有我这种排山倒海的热烈爱情呢？她们的心胸容纳不下强烈的情感，唉，她们的爱情只能比作口舌的食欲，不是心肝五脏的活动，分量太多就会呕吐。而我的心胸广大如海，什么都能包容消化。所以不能把一个女人的爱来和我对奥莉薇的爱情相提并论。

薇荷娜　啊，不过我知道——

欧西诺　你知道什么？

薇荷娜　女人对男人的爱情，我知道得一清二楚。说真的，她们的心灵和我们男人的一样忠实真诚。我父亲有一个女儿，爱上了一个男子，就像我，假如我是女子，就会爱上主公您一样。

欧西诺　她有什么恋爱的故事？

薇荷娜　还没有呢，主公。她没有说出隐藏在心中的爱情，就像在花心采蜜的小蜜蜂一样。她沉醉在相思中，让淡黄浅绿的相思感情侵蚀了她绯红的脸颊。她露出了忧郁的微笑像耐心等待爱神的恋人刻画在感情丰碑上的面容。难道这不是真诚的爱情吗？我们男人口头上说得多，赌咒发誓，但是我们外部的表现多于内心的蕴藏。我们的山盟海誓多于真情实意。

欧西诺　你妹妹是不是殉情了？

薇荷娜　我是我父亲家中唯一的子女，但是我不知道什么是殉情。主公，我是不是该去见你的女王了？

欧西诺　这才是真正的话题：

　　　　快快去告诉她我的金玉之言：

　　　　我的爱情不会后退，只会向前！

（各下。）

第 二 幕

第五场

奥莉薇家果园

(托比爵士、安德鲁爵士及费彬上。)

托　比　来,照你的办法干吧,费彬老兄。

费　彬　不必担心,我会得心应手的,若有一点失误,我会难过得要命的。

托　比　难道你不高兴让这欺羊怕狼的狗东西给熊咬上一口吗?

费　彬　那是再高兴不过的了,老兄。你知道那一次我玩熊咬清教徒的把戏得罪了他,他就让我在小姐面前丢脸了。

托　比　我们要再把熊拉出来,气得这个狗东西脸上青筋暴露,紫一块青一块的。好不好,安德鲁老兄？

安德鲁　要是做不到，那会遗恨一辈子的。

（玛利亚上。）

托　比　我们的小坏蛋来了。——怎么样，印度的金童玉女！

玛利亚　你们三个快到树叶丛中去藏起来。马沃略就要从这条路走过来了。他在阳光下检查自己鞠躬的姿势是不是合格，已经有半个钟头了。为了开好玩笑，你们要好好盯住他。我知道这封信会使他变成冥思苦想的大傻瓜。要看好戏，得要靠近一点。就躲在那里吧。

（三人藏起。）

好戏就快要上钩了。

（把信放在地上。下。）

（马沃略上。）

马沃略　（听不见托比等说的话。）真是好运气，真是好运气。有一天玛利亚告诉我：小姐对我有好感，我也听到她自己说过差不多的话。假如她要爱上什么人，那外表一定要像我。再说，她看我总看得比别人高一头。对这种事,我该怎样对待呢?

托 比　这是一个两眼望天的浑蛋!

费 彬　不要出声!自命不凡使他成了一只罕见的土耳其公鸡,瞧他拍拍翅膀,要飞上天去了。

安德鲁　天哪,我真要狠狠地揍这浑蛋一顿。

托 比　别太响了,听他说。

马沃略　我要当上马沃略伯爵了。

托 比　啊,浑蛋!

安德鲁　枪毙,枪毙!

托 比　别嚷,别嚷!

马沃略　这也有例在先,史却奇夫人不就下嫁给照料衣柜的管家了吗?

安德鲁　去他的吧!

费 彬　啊,别嚷,他已经掉入幻想的泥坑了,胡思乱想胀破了他的肚皮。

马沃略　结婚三个月,就可以登上伯爵的宝座。

托 比　我要弯弓射瞎他的眼睛。

马沃略　在侍臣的簇拥下,穿着丝绒锦袍,离开了还在卧榻上酣睡的奥莉薇,——

托 比　地狱啊,起火吧!

费　彬	别响，别响！
马沃略	然后摆起我的官架子来，居高临下地扫上一眼，显示我的威风，要他们各就各位，还要人去找我的亲人托比——
托　比	给他戴上手铐脚镣！
费　彬	别嚷，别嚷，别嚷！听，听。
马沃略	七八个下人马上出动去找他，我皱皱眉，或者看看表，或者摸摸身上的珠宝。托比来了，向我行礼如仪，——
托　比	能让这家伙活下去吗？
费　彬	即使马车来了，也不能让它把沉默带走啊。
马沃略	我就这样向他伸出手去，亲切地微笑也要带上几分官气。
托　比	难道托比不会打你一个嘴巴？
马沃略	我会说：托比老表，命运使我得到了你的侄女，也给了我发言的特权——
托　比	你说什么，你说什么？
马沃略	你不能再喝得那样醉醺醺的了。
托　比	滚开，浑蛋！
费　彬	不，小声点，不要破坏了这精心安排的计划。

马沃略　再说,你同一个糊涂的爵士在一起浪费你宝贵的时间。

安德鲁　我敢打赌,这下轮到我了。

马沃略　一个安德鲁爵士——

安德鲁　我知道要轮到我。多少人说我是傻瓜啊。

马沃略　(捡起地上的信。)这有什么用处?

费　彬　啄木鸟要落陷阱了。

托　比　啊,别响,但愿他兴头一起,就高声念出来。

马沃略　我敢用生命担保,这是小姐的笔迹,每个字母的一笔一画,一横一竖,都是她的写法。

安德鲁　一笔一画,一横一竖,那又怎么了?

马沃略　"给无名的情人,及无穷的希望。"这是小姐用的字眼,糟了,上面还有蜡印密封呢!轻声一点!封蜡上还有小姐用的"吕莱丝"签印。这一定是小姐写的信了,但信是写给谁的?

费　彬　这信封打进他心眼里去了,打进了他的心肝五脏。

马沃略　(读信。)"老天知道,

　　　　　我恋爱了。

爱哪一个？

不许嘴说。"

"不许嘴说。"下面的调子变了。"不许嘴说"，难道是说给我听的吗，马沃略？

托 比　天呀，上吊去吧，肮脏货！

马沃略　（读信。）"我对情人发号施令，

但沉默像女神的刀，

主宰我无血的心灵，

一生只说'马田各'好。"

费 彬　一个露头藏尾的字谜。

托 比　我却要说：好个伶俐的小丫头！

马沃略　"一生只说'马田各'好。"让我想想，想想，想想。

费 彬　这丫头准备了多么好的毒药！

托 比　连老鹰饿了也会展开翅膀来吃的。

马沃略　"我对情人发号施令"，怎么，她当然可以对我发号施令，我侍候她，她是我的女主人，这显然是说正式的关系。这点没有什么妨碍。但是，结尾呢？——这三个字是什么意思？是不是有点像我的名字改头换面了？等一等,"马、田、各。"

托　比　啊,想出来了,他闻到一点气味了。

费　彬　即使是野狐狸,猎狗闻到它的骚味也会嗥叫起来的。

马沃略　"马"就是我姓名的头一个字!

费　彬　我不是说了他会很快猜出来的吗?猎狗是很会跟踪的。

马沃略　但是"马"后面怎么不是"沃"呢?

费　彬　后面没有,那还有结尾呀。

托　比　我要喷他一口水,让他夭折而死,那不就是"沃"吗?

马沃略　最后却跑出来了一个"各"字。

费　彬　如果跑出来的不是"各"字,而是一"人一口"的"合"字,会"合"你的心意吗?

马沃略　"马田各"虽然不是马沃略,但是"略"字一分为二不就是"田"和"各"了?"田各"不就是说小姐和我"天各一方"吗?且慢,后面还有话呢。

　　(读信。)"如果好运落到你头上,你就快做决定吧。我的星宿高高照耀着你,但是事在人为：有人生而富贵，有人争名夺利，有人却是富贵送上门来。你的命运掌握在你手里，你要用心尽力，不要错过。你要习惯于你所应得的地位，脱下你地位卑贱的外衣，显出你新人的面貌。对亲戚不妨反其道而行之，对下人更可以发号施令。你的口舌可以议论国家大事，你做的事不妨特立独行。这是为你惋惜的人向你提出的忠告。记住有人赞美你的金黄袜子，喜欢看你穿着有十字交叉装饰的束腿裤。我说你要记住，去吧，你可以如愿以偿了。如果你不愿意，那就做你的总管，和下人在一起，对幸福休想染指了，再谈吧！

一个愿意和你易地而处的官场得意、情场失意人"。天地之间还有更明白的事吗？这真是了如指掌了。我可以洋洋得意，谈政论事，当众折腾托比，挣脱侍从下人，一点一滴都要成为她心目中的人了。我这不是白日做梦，自欺欺人吧；我有多少理由可以说明小姐爱上了我，她赞美我的金黄袜、束腿裤，这样喜欢我习惯的打扮，我真要谢天谢地了，世上还有更快活的事情吗？我要与众不同，穿上黄袜子、束腿裤，越快越好。那就可以交上好运了。信里还有附言呢。

（读信。）"你不会猜不到我是谁吧？如果你看重我的感情，那就露出你的笑容来。你的笑和你非常相称，因此在我面前就露出你的笑脸吧。我甜蜜的人儿，我求你了。"

感谢天神，我会露出笑容来的，一切都会按照你的意思去办，办得使你心满意足为止。

（下。）

（托比爵士、安德鲁爵士及费彬走上前台。）

费　彬　即使波斯国王给我黄金千两，我也不肯错过这台好戏。

托　比　我倒想要这个俏皮丫头嫁给我了。

安德鲁　我也想呢。

托　比　我可以不要嫁妆，只要她再演一台好戏。

（玛利亚上。）

安德鲁　我也不要。

费　彬　会要把戏的伶俐人来了。

托　比　（对玛利亚）你要不要把脚夹住我的脖子？

安德鲁　或者夹住我的？

托　比　要不要我放弃自由，做你的下人？

安德鲁　说真的，我也愿意。

托　比　你让总管做白日梦，梦一醒他不要发疯吗？

玛利亚　不会的，说老实话，你们看这把戏玩得怎么样？

托　比　就像接生婆喝了接生酒。

玛利亚　要看这出戏的下场，只要看他怎样穿着黄袜子、束腿裤，做出笑脸去见小姐就行了。小姐最讨厌这套打扮，假装的笑脸更不合她的心情。要看好戏，就跟我走吧。

托　比　你这机灵鬼要把我带到地狱里去了。

安德鲁　下地狱我也跟着去。（同下。）

第 三 幕

第一场

奥莉薇家果园

（薇荷娜、小丑费事的打鼓上。）

薇荷娜　老兄，请不要打鼓了。你是靠打鼓过日子的吗？

费事的　不对，老兄，我是靠着教堂过日子的。

薇荷娜　那你是教士吗？

费事的　我也不是这块料，老兄，我家靠近教堂，所以我是靠着教堂过日子的。

薇荷娜　那你是不是也可以说：国王是靠叫花子过日子的，因为叫花子在王城乞讨，是不是这样？

费事的　你说对了，老兄。你看透了世界。一句话不

|||过是一副手套，正面反面都可以戴，正面反面都可以说。
薇荷娜|不见得吧，天天玩弄字眼，字眼也就放荡得不受拘束了。
费事的|我要有个姐妹，还是不沾上出名的字眼更好。
薇荷娜|怕什么呢，老哥？
费事的|一出名就不守规矩。不守规矩就放荡了。所以吹牛拍马都是坏蛋，把好事都说坏，把正事都说歪了。
薇荷娜|你不会和她讲理吗，老兄？
费事的|的确，老兄，讲理不能不开口说话呀，说话这样不干不净，我都不屑用这种语言来说理了。
薇荷娜|我看你是个快活人，不管做什么事，你都满不在乎，才会过得这样快活。
费事的|不见得吧，老兄，我还是在乎有些东西的。说老实话，我并不在乎你，如果不在乎你就是对什么都不在乎，那我宁愿从来没见过你。
薇荷娜|你不是奥莉薇小姐家中的小丑吗？
费事的|不，老兄，奥莉薇小姐并不傻，她不会养傻

	瓜的，除非她嫁了个傻瓜丈夫，就像小鱼跟上一条大鱼一样。丈夫总是一个大傻瓜，而我不过是一个用言语来腐蚀她的小傻瓜而已。
薇荷娜	我最近在欧西诺公爵府见过你。
费事的	老兄，傻瓜不像太阳有它的轨道，他是到处发光的。对不起，我看傻瓜总离不开主人，就像你这个聪明人也离不开你的主子一样。
薇荷娜	如果你要挖苦我，那我们就分手吧。拿去，这是给你的六便士。（给钱。）
费事的	如果天神要卖头发，希望他会卖一把胡子给你。
薇荷娜	（旁白）老实说，我倒真喜欢胡子——不过我并不要胡子长在我脸上。——你家小姐在家吗？
费事的	成对成双可以生儿育女。六便士也可以成双呀。
薇荷娜	六便士成了双有什么用处呢？
费事的	便士成了双，我会给英雄带个美人来，让你也成双。

薇荷娜　好一张伶牙俐嘴,我就先成全你吧。(再给六便士。)

费事的　小事一桩,老兄。讨钱的人是叫花子,求情的人却不是乞丐。小姐在家里呢,老兄。我会向她说明你的来意。至于你是什么人,来做什么事,那就和我不相干了。(下。)

薇荷娜　装傻也要聪明,装得好更要会临机应变,要了解对方的心情,还要看准时机,像没有经验的小鹰一样,注意每一只飞过眼前的鸟雀。这是和聪明人的本领一样,要下功夫才能得到的。

　　聪明人装傻要装得合适,

　　真成了傻瓜却得不偿失。

(托比爵士同安德鲁爵士上。)

托　比　老天保佑贵客!

薇荷娜　老天保佑尊驾!

安德鲁　法国的天也保佑你!(原文是法文。)

薇荷娜　彼此彼此!(同上。)

安德鲁　希望能够互相帮忙。

托　比　请进,我侄女正恭候大驾光临。

薇荷娜　我来正为求见令亲,芳名高高在访单上。

托　比　那就请移大驾的双腿吧。

薇荷娜　我的双腿会谨遵台命,不知有何吩咐?

托　比　那就请进吧。

薇荷娜　我会移步进门的,但是门口有人挡驾了。

（奥莉薇及侍女玛利亚等上。）

上天给小姐无瑕的美玉洒上香淋淋的雨露吧!

安德鲁　（对托比）这个小伙子正是天生的一张利嘴。

薇荷娜　小姐,我的金玉良言只有知音的耳朵才会倾听。

安德鲁　（对托比）"洒下香淋淋的雨露",真是妙语惊人。

奥莉薇　那就大家都到园外去,让我听听金玉良言吧。——

（托比、安德鲁、玛利亚等下。）

年轻人,让我们先握握手。

薇荷娜　那是理所当然,小姐,也是义不容辞的。

奥莉薇　你叫什么名字?

薇荷娜　美丽的公主,您仆人的名字是瑟莎略。

奥莉薇　小伙子,你怎么成了我的仆人了?在一个快

　　　　　活的天地之间，是不必用微贱的家世来向对方表示恭维的。年轻人，你只是欧西诺公爵的从人。

薇荷娜　公爵追随着您，他是您的从人，他的从人更是小姐您从人的从人了。说是您的仆人，我还抬高了自己一等呢。

奥莉薇　对公爵我不想说什么。我希望他对我也像我对他一样，都是一张白纸，什么也不要说了，更不要说我。

薇荷娜　小姐，我来就是为了提高您对他的感情的。

奥莉薇　那对不起，我求你了。我求你千万不要再提他的事；但是，如果你来不是为了他，而是为了另外一个人，那你的话听起来可就是天上的仙乐了。

薇荷娜　亲爱的小姐——

奥莉薇　请让我说。上次你来使我心醉神迷，我要人去追你，要他还你一个戒指，那是自欺欺人，欺骗了我自己、我的从人，也欺骗了你。我现在不得不问问你对我的看法，我不怕难为情，狡猾地把明知道不是你的东西硬塞给你，你是怎么想的？你是不是认为我不正派？毫不掩饰地暴露了自己为所欲为的、见不得人的思想？对你这样一个善解人意的有心人来说，我的胸膛掩饰不了我的内心，所以我想听听你对我的真心看法。

薇荷娜　我对你只有同情。

奥莉薇　同情不是走向爱情的第一步吗？

薇荷娜　不，这不是走向爱情的一步。因为我们有时对敌人也会同情的。

奥莉薇　那么，我看，这应该是笑的时候了。世界啊，穷人是多么容易得意忘形呀！即使是牺牲，死在狮子爪牙之下，也比葬身豺狼腹中幸运得多了。（钟响。）

钟声也在责备我不该浪费时间。你不必担心，好个小伙子！我不会勉强你的：不过，当青春的智慧开始收获的时候，你的妻子会得到成熟的丈夫的。走你自己的道路，往西走吧。

薇荷娜　西边好运也在等着您呢。您没有话要给我主子吗？

奥莉薇	等一等,我倒想知道你对我的看法。
薇荷娜	我看您并不了解自己的感情。
奥莉薇	如果我不了解自己,那你又如何呢?
薇荷娜	你说得不错,其实我的内外也不一致。
奥莉薇	但是我希望你的表现能和我内心想的一样。
薇荷娜	小姐,我希望我的内心比外表好些,因为我的外表只是您的仆人。
奥莉薇	你内心的高傲多么美丽,
	美化了你嘴唇上的怨气。
	爱情比阴谋还更难隐藏,
	爱情之夜也闪烁着晨光。
	瑟莎略,你用春天的玫瑰
	使真善美都吐出了香味。
	我爱你,不管你多么骄傲,
	理智也不能使热情减少。
	你不要找借口来拒绝我,
	求爱带来的是福、不是祸。
	不要用理智来束缚爱情,
	不求而得更能看出真心。
薇荷娜	我用我清白的青春发誓,

　　　　　我有自己的感情和理智。
　　　　　没有女人能占有我的心,
　　　　　我已经占有得干干净净。
　　　　　再见吧,小姐,我不会再来
　　　　　为我主子苦苦向你求爱。
奥莉薇　过去的无情,你可以改变
　　　　　成为今天的新生的爱恋。
　　　　　(同下。)

第 三 幕

第二场

奥莉薇家

（托比爵士、安德鲁爵士及费彬上。）

安德鲁　不行，说实话，我不能再待下去了。

托　比　为什么，坏心眼的老兄？说说你的理由吧。

费　彬　你总得挤出一点理由来呀，安德鲁爵士。

安德鲁　天啦，我看你的侄女对那个公爵的手下人还比对我这个座上客好得多呢。我在园子里就看出来了。

托　比　那时她看见了你吗，老兄？要说实话。

安德鲁　就像我现在看见你一样，清清楚楚。

托　比　这就大大证明了她对你情有所钟。

安德鲁　证明能缩小吗？别把我当一条笨驴了。

费　彬　我可以证明：她这样做是合法合理的，爵士。无论是根据法庭的法理，或是根据人情常理。

托　比　在诺亚成为水手之前，已经就是如此。

费　彬　她当你的面表示接近年轻人，只是要引起你的妒忌，唤醒你睡着了的勇气，点燃你心中的情火，磨炼你的心肝五脏。你应该大胆上前，大开玩笑，像新铸的钱币一样使年轻人大开眼界，大出意外，这是她希望你拿出来的本领，但是你却撒手而逃，洗手不干，失去了双重良机，在小姐眼前双重败北，就像荷兰人嘴上结了冰的胡子一样苍白无力了。所以一定要重整旗鼓，表现出智勇双全的品格来哟！

安德鲁　如果要重整旗鼓，我倒可以鼓起勇气，至于智谋，我宁可做清教徒也不去搞什么政治阴谋。

托　比　那好，就把你的命运建筑在勇气上吧，去向公爵的年轻人挑战，在他身上留下十一个伤痕，引起我侄女的注意。世上没有一个婚姻掮客有什么比勇气更能撮合成对成双的武器了。

费　彬　除此之外，没有别的办法。

安德鲁　你们哪个去给我挑战呢？

托　比　去写你的挑战书吧，要强硬，说得他目瞪口呆；要干脆，不要耍小聪明；要说得动听，不要用陈词滥调，不要怕浪费墨水，叫他三声"小子"也不算多。纸上骂人的话可以写满一张睡十二个人的大床单。快去写吧，墨水里要注满毒气，把鹅毛笔染黑了也不要紧，快去动手吧！

安德鲁　我到哪里去找你们呢？

托　比　我们会到你床上去找你。快去写吧！

（安德鲁下。）

费　彬　那你不是在找傀儡吗，托比爵士？

托　比　我也花了他不少的钱，伙计，总有两千镑吧。

费　彬　这是一封千金难买到、千载难得到的信，你会发出去吗？

托　比　要是不发出去，还会有人相信我吗？我要想方设法鼓励这个年轻人答应同他决斗。我看牛车也不能把他们两个拉到一起来和解的。至于安德鲁，你去把他解剖看看，如果他心脏里的血能染红一只跳蚤的脚，我就把你解剖剩下来的骨肉全都吞下去。

费　彬　但是他的对手看起来没有他那一股狠劲。

（玛利亚上。）

托　比　瞧，我的小鸟来了。

玛利亚　如果你们想要开心得哈哈大笑，那就跟我来吧。马沃略那个傻瓜已经变成一个穿奇装异服的邪教徒了。没有一个思想正派、希望得救的基督徒会像他那样打扮得稀奇古怪的。他还穿了黄袜子呢。

托　比　束腿裤上还有十字交叉的袜带吧。

玛利亚　教堂里批评的奇形怪状、奇装异服也只能到此为止了。我像个刺客一样紧紧跟随着他，他一点一滴全都照着我捏造的那封信上说的去做。他脸上的线条多得像地图上的经纬线。你们从来没见过这种怪模样，我都忍不住要向他扔石头了。小姐怎能容忍下去？她责备他，他还笑着当作是恩典呢。

托　比　来吧，让我们去看看这出好戏。

（同下。）

第 三 幕

第三场
街道

(瑟巴淀同安东略上。)

瑟巴淀　我本来不想麻烦你,但是你这样热心助人,我怎么好意思拒绝呢?

安东略　我不能让你一个人去逛,怎么放得下心来?我好像背上有个刺,催促着要我跟你走。这也不只是感情问题,单凭感情,陪你走多远我都愿意,但我担心你人生地不熟,单身一人,没有朋友,没人带路,如果碰到粗暴无礼的人怎么办?就是为了这点担心,我又追上来找你了。

瑟巴淀　好心好意的安东略,我除了衷心表示感谢之外，还有什么话好说呢？好人做的好事，往往只能得到空空洞洞的感谢，似乎是得不偿失。但是如果我真正富有了，我决不会不回报的。现在，我做什么好？要不要去看看这个地方的名胜古迹？

安东略　老兄，明天再去吧，今天最好先安顿下来再说。

瑟巴淀　我并不累，现在离天黑还早着呢。我求你先让我满足一下我的眼福，看看这里有什么值得游览的地方，好不好？

安东略　对不起，我在大街上是会惹人注意的，因为我和公爵的船队在海上打过仗，我还立过功，有点名气呢。如果他们认出了我，恐怕会要了我的命。

瑟巴淀　你杀了公爵的很多人吗？

安东略　我倒没有犯下流血的罪行，虽然那个时间和战斗的性质可能造成流血事件，那就要引起血债的问题了。但是我们为了做生意的缘故，总是夺了财物也要归还的。我却不肯从众，因此若被抓到，恐怕就要付出代价了。

瑟巴淀　那你就不要公开行动了。

安东略　那对我也不行,老兄。这是我的钱包,你拿去吧。城南的大象旅店是最好住的地方,我去安排我们的吃住吧。你可以在城里消磨你的时间,扩充你的知识,然后到城南来找我吧。

瑟巴淀　那为什么要把钱包给我呢?

安东略　也许你会看中什么想买的玩意,但是,老兄,我知道你身上的钱是不够花的。

瑟巴淀　那我就带着你的钱包去逛个把钟头吧。

安东略　到大象旅店再见。

瑟巴淀　我记住了。

　　　　(各下。)

第 三 幕

第四场

奥莉薇家果园

（奥莉薇及玛利亚上。）

奥莉薇 （旁白）我要人去找他，他说他就会来。我怎么招待他呢？送什么东西给他好？年轻人可以收买，求他或者要他帮忙可不容易。我是不是说得太响了？——马沃略呢？他很严肃认真，循规蹈矩，做个侍从倒用得着。马沃略呢？

玛利亚 他就要来了，小姐，但是样子很怪，有点神志不清，小姐。

奥莉薇 那怎么啦？他有没有胡言乱语？

玛利亚 那倒没有，小姐。不过您还是小心点好，肯定这个人头脑出了毛病。

奥莉薇　你去叫他来吧。

（玛利亚下。）

我也像他一样有毛病了。苦闷得说不出来，和欢喜得说东道西，不也是大同小异的吗？

（马沃略穿黄袜及十字交叉的束腿裤上。）

怎么啦，马沃略？

马沃略　好小姐，哈哈！

奥莉薇　你怎么笑了？我要你来并不是办喜事呀！

马沃略　不是喜事，小姐？但也可以是坏事。这十字交叉的束腿裤妨碍了血液流通，但是这有什么关系？只要有人喜欢看到，那对我来说就是最好的抒情诗了。"一人喜欢，大家欢喜。"

奥莉薇　你怎么啦，管家人？出了什么事吗？

马沃略　虽然我的裤腿发黄，我的眼睛并没有发黑。信息已经到手，一切都会照办。我认得那一手漂亮的斜体字。

奥莉薇　你是不是在做梦啦，马沃略？

马沃略　做梦？啊，甜蜜的梦乡，我就会来。

奥莉薇　老天保佑，你怎么老是笑？还吻自己的手？

玛利亚　你怎么啦，马沃略？

马沃略　有求必应，夜莺也会回答乌鸦。

玛利亚　你怎么敢在小姐面前这样胡言乱语？

马沃略　"但是事在人为"，这不是白纸上写的黑字吗？

奥莉薇　你这样说是什么意思，马沃略？

马沃略　"有人生而富贵，"——

奥莉薇　哈？

马沃略　"有人争名夺利，"——

奥莉薇　你说什么？

马沃略　"有人却是富贵送上门来。"

奥莉薇　老天保佑！

马沃略　"有人赞美你的金黄袜子，"——

奥莉薇　金黄袜子？

马沃略　"喜欢看你穿着有十字交叉装饰的束腿裤。"

奥莉薇　十字交叉？

马沃略　"去吧，你可以如愿以偿了。"

奥莉薇　我可以如愿以偿？

马沃略　"如果你不愿意，就和下人在一起吧。"

奥莉薇　这简直是仲夏夜的白日梦了。

（一仆人上。）

仆　人　小姐，欧西诺公爵派来的年轻人又来了。我没法劝他回去，他在等候您接见他呢。

奥莉薇　我会去见他的。

（仆人下。）

好玛利亚，要好好看住这个要人。我的托比老叔呢？让几个人专门来看住他。没有他，我可能会丢掉一半嫁妆啊。

（奥莉薇及玛利亚下。）

马沃略　哈哈！这样做才接近我的身份了，不叫别人而叫托比老叔来照管我。这就和信里说的一致了。她是有意派他来的，好让我显得和他平起平坐。她在信里不是说了吗："脱下你地位卑贱的外衣，对亲戚不妨反其道而行之，对下人更可以发号施令；你的口舌可以议论国家大事，你做的事不妨特立独行。"还告诉我应该采取的姿态，瞧不起人的模样，令人尊敬的神气，说话慢吞吞的口气，做事有大人物的派头，如此等等。我都贴在心上。这是天神的旨意，我也向天神表示谢意了。她离开时还说："好好看住这个要人。""要人"既不是我的名字，又不是我的职务，而是一个重要的人。一切情况加起来看，没有一点可怀疑的，连一小点也没有，没有麻烦，没有靠不住的消息。还有什么可说的呢？没有。这一切都是上天的安排。感谢上天！

（托比、费彬、玛利亚上。）

托　比　天上的神灵呀，马沃略在哪里？即使地狱里的魔鬼成群结队都缩进他身上，我也要和他讲清道理。

费　彬　他在这里，就在这里。老兄，你怎么啦？老好人，你怎么啦？

马沃略　走开，我叫你走开。让我自在一点。走开！

玛利亚　听，他心里的魔鬼在说些什么空话？托比爵士，小姐请你好好看管他呢。

马沃略　哈哈！她这样说了吗？

托　比　去吧，去吧。静一静。我们要和和气气同他谈一谈。让我一个人来。——你怎么啦，马沃略？你怎么样，老兄？要和魔鬼挑战吗？

要考虑他是人类的敌人啊。

马沃略　你知道你在说什么吗？

玛利亚　瞧，如果你说了魔鬼的坏话，他是多么怀恨在心啊。求求上帝，但愿他没有入魔才好！

费　彬　把他的尿送到巫婆那里去化验吧。

玛利亚　圣母玛利亚在上，只要我还活着，明天早上一定送去。我敢说我家小姐一天也少不了他。

马沃略　你说什么，丫头？

玛利亚　天呀！

托　比　你不要多嘴。这不是办法。难道你没有看见你的话已经刺激他了？还是我一个人来对付他吧。

费　彬　说话要婉转一点，婉转一点，再婉转一点。魔鬼是粗暴的，但和他打交道却不能直来直去。

托　比　喂，怎么啦，好斗的老公鸡（法文）？你又怎么啦，我的小母鸡？

马沃略　爵士！

托　比　唉，小母鸡，跟我来！怎么啦，老兄，和魔鬼玩儿童游戏，把樱桃核丢进洞就算赢，这成什么体统？吊死这个煤矿里来的老黑鬼！

玛利亚　要他祷告吧。好托比爵士，要他祷告吧。

马沃略　要我祷告，小贱货？

玛利亚　不，我敢担保，他不会听上帝的。

马沃略　你们都去上吊吧！你们这些肤浅的懒鬼；我不是你们这一伙的人。你们马上就会知道。（下。）

托　比　这可能吗？

费　彬　如果就在舞台上演，你会说这是无中生有的事。

托　比　聪明反被聪明误，老兄，这诡计一露馅，立刻就要化为泡影了。

玛利亚　那赶快去追他，免得计策落空。

费　彬　怎么啦？我们就是要追得他发疯。

玛利亚　那家里才得安静些。

托　比　来，老兄，我们要捆住他的手脚，把他关进暗室。我的侄女已经相信他是疯了。我们要继续进行下去，好寻开心，并且作为对他的惩罚，一直等到我们玩够了，累得喘不过气来，再对他网开一面，把我们的计划让法官知道，宣布你是发现疯子的人。不过等一等，你们看！

（安德鲁爵士上。）

费　彬　五月节的早晨又有什么新花样了？

安德鲁　（拿出信纸。）这是我的挑战书。你念吧。我敢保证，信写得既酸又辣。

费　彬　这样有味道吗？

安德鲁　对，我敢保证，一读就知道了。

托　比　那信给我。（读信。）"年轻人，不管你是谁，你不过是一个无足轻重之辈。"

费　彬　写得好，有力量。

托　比　（读信。）"不要奇怪，也不必高兴我这样称呼你，我不会告诉你什么理由的。"

费　彬　说得好，这样你就可以不违法了。

托　比　（读信。）"你来到奥莉薇小姐府上，在我看来，她对你太客气。不过，你的喉咙就发痒了。但这不是我来向你挑战的理由。"

费　彬　（旁白）简单有力。而且很有道理——又没有道理。

托　比　（读信。）"我会埋伏在你回家的路上，你有机会打死我，"——

费　彬　好。

托　比　（读信。）"像个流氓坏蛋一样打死我。"

费　彬　你总在法理上占了上风。好。

托　比　（读信。）"再见吧，上帝保佑我们两个人之一的灵魂！他可能会怜悯我的灵魂，但是我的希望更大，你就管自己吧。你的朋友，如果你把我当朋友的话，也是你的死对头，安德鲁·瘦脸爵士。"

　　　　——如果这封信不能感动他，他的腿也会走不动了。我要把信送去。

玛利亚　机会正好，那年轻人正和小姐谈话，谈完就要来了。

托　比　去吧，安德鲁爵士！去果园角上像个债主一样等他，一见他就拔出剑来，一拔出剑就赌咒发誓，一赌咒发誓就怒气冲天，大摇大摆，拿出男子汉的威风杀气来。快去吧！

安德鲁　不用，赌咒发誓我自己会。（下。）

托　比　现在，我不去送这封挑战信了，因为从这个年轻人的举止看来，他既有教养，又有本领。他的主子公爵派他来向我的侄女求爱，就说明了他德才兼备；而这封信写得这样莫名其妙，怎么可能会引起这个年轻人的害怕呢？他会看出这个写信人是个无知之辈。不过，老兄，话又得说回来，我还是要去口头上传达瘦脸爵士这封厚脸的挑战信。我要天花乱坠地吹嘘他的英勇无敌，吹得年轻人既讨厌，又害怕对方怒从心头起、恶向胆边生、一触即发的杀人不眨眼的功夫，说得他们两个人都既恨又怕，恨不得看一眼就能毒死对方才好。

（奥莉薇同薇荷娜上。）

费　彬　年轻人同你的侄女来了。我们先避开一下，等他告辞后再追上去如何？

托　比　我要想些吓唬人的话来激励他们两个斗得你死我活才行。

（托比爵士、费彬及玛利亚下。）

奥莉薇　我已经满不在乎地对一颗铁石般的心袒露了我的真心实意，这有失大家风度，但我内心的冲动这样强烈，也顾不得什么清规戒律了。

薇荷娜　我主子为你犯下的相思病也不下于你内心的热情在外部的表现呢！

奥莉薇　请你收下这像是我本人的画像吧。请你不要拒绝，画像没有舌头，不会啰唆得使你讨厌。请你明天再来，无论你对我提出什么要求，即使是我拒绝满足别人的愿望，如果你提出来，我也可以满足你。

薇荷娜　我只要求你把真心实意的爱情给我的主子。

奥莉薇　我怎么能把给了你的画像中人，又再给别人呢？

薇荷娜　那我可以奉还。

奥莉薇　明天来再说吧，即使你是魔鬼，
　　　　我的灵魂也愿下地狱去追随。（下。）

（托比及费彬上。）

托　比　年轻人，上帝保佑你！

薇荷娜　也保佑你，爵士！

托　比　尽你所能去保卫自己吧。你做了什么对不起他的事，我不知道，但是你的对手怒气冲冲，杀气腾腾，在果园门口等着你呢。拔出你的剑来，赶快准备迎战，因为你的对手年富力强，本领出色，非干掉你不甘心呢！

薇荷娜　你搞错了人吧，爵士？我敢肯定，没有人和我争吵过。我记得清清楚楚，我没有得罪过任何人呀。

托　比　我告诉你，事情不是这样。因此，如果你还看重自己的生命，那就要拿出保卫自己的功夫来。因为你的对手年富力强，既有本事，又不肯善罢甘休，所以你要当心。

薇荷娜　请告诉我，爵士，他是什么人呀？

托　比　他是一个骑士，他的刀剑并没有染上敌人的血迹，而宫廷的地毯上却留下了他的足迹。但是吵起架来，他却成了个凶神恶煞。他已经叫三个对头的灵魂和肉体分了家，他现在脾气发作得不可收拾，仿佛要是不把人杀死，送进坟墓，决不善罢甘休似的。不胜利，就死亡；不是得，就是失：这是他的口号。

薇荷娜　那我只好回到府上去找小姐求援了。我不是

　　　　　个打手，从没听说过那种故意无事生非、无理取闹、要人知道自己厉害的手段。看来这家伙就是这一流人物。
托　比　不，老兄，他愤怒的原因是受到了伤害，所以你还是去答应他的要求更好。至于回去找小姐，你非得先经过我这一关不可。要想过我这一关，那和过他那一关几乎一样难。因此，拔出你那亮晶晶的宝剑来吧，你想洗手不干也来不及了，除非你发誓再也不做一个佩剑的男子汉。
薇荷娜　这真稀奇古怪，太不合情理了。我想知道我什么事情得罪了这位骑士。如果我有错误，那也是无心犯下，绝不是有意为难他的。
托　比　我可以去问问他。费彬老兄，你和这个年轻的先生在这里等我回来。（下。）
薇荷娜　先生，你知道这是怎么回事吗？
费　彬　我只知道那个骑士火气太旺，一心一意要和你拼个你死我活。详细情况我就不得而知了。
薇荷娜　请你告诉我他是怎等样人，好吗？

费　彬　从他的外表看来，他并没有什么了不起的地方。你可能看不出他有什么过人的本领。不过他的确有与众不同之处，不怕流血，敢于拼命，硬干到底。你可能在伊利亚再也找不到第二个了。你愿意去和他见面吗？只要我做得到，我会尽力劝你们和解的。

薇荷娜　那就非常感谢你了。我是宁愿听教士传道，不愿和骑士打交道的人。我不在乎人家说我有没有勇气。

（同下。）

（托比同安德鲁上。）

托　比　怎么了，老兄？他真是个魔鬼，我还没见过一个这样比女人还狠毒的对手。我和他交了锋，长剑短刀，有什么用什么。他给了我致命的一击，那简直是防不胜防。他回手时两条腿稳如大山。据说他还当过波斯国王的剑手呢。

安德鲁　该死：我可不愿多管他的闲事了。

托　比　唉，但是他可不肯息事宁人呢。费彬在那里也压不住他的火气。

安德鲁　真倒霉！早知道他这样胆大力大，又会舞刀弄剑，我真宁愿看见他天打雷劈，也不肯和他惹是生非的。如果他肯让这回事悄悄了结，我情愿把我的灰色宝马送他。

托　比　我去向他提出这个建议吧。你就站在这里，做出一副要拼死拼活的神气。这样就可以不出命案而结束这场官司了。——（旁白）我还可以骑了你的马，又把你当马骑呢。

（费彬同薇荷娜上。）

我要他送马来结束这场官司。——（对费彬旁白）我已经使他相信这个年轻人是一个恶魔了。

费　彬　他也非常怕这个年轻人，吓得气喘吁吁，脸色苍白，仿佛后面追来了一头大熊似的。

托　比　（对薇荷娜）那可没有办法，老兄。他已经赌咒发誓，要和你拼命决斗了。天呀，他认为他这次争得有理。不必再讨论了，因此，他拔出剑来保卫自己，不过，他答应了不会伤害你的。

薇荷娜　老天保佑，我就是缺了一点男子汉大丈夫的东西。

费 彬 如果你看见他气势汹汹,那就退后一步吧。

托 比 来吧,安德鲁爵士,没有挽救的余地了,年轻的先生因为名誉有关,要和你打一个回合呢。他不会违背决斗的规定。不过,他答应了我,他是个正派的文武双全的好手,绝不会伤害你的。来吧!

安德鲁 (对费彬)老天保佑,他不会违背誓言的。

(双方拔剑。)

(安东略上。)

薇荷娜 我对你说实话:决斗并不是我的本意。

安东略 (对安德鲁)收起你的剑来。如果这个年轻人得罪了你,我负责来赔礼道歉。如果是你得罪了他,那我可要向你问罪了。

托 比 你老兄要干什么?你是谁呀?

安东略 老兄,我是他的朋友,为了我们的友谊,我敢做出来的事,恐怕会比他告诉你的还多得多呢。

托 比 那好,既然你自愿承担责任,那我就来奉陪吧。

（两警士上。）

费彬　啊，好托比爵士，住手吧。警士来了。

托比　那就等一会儿再说。

薇荷娜　（对安德鲁）先生，请你收起你的剑来吧。

安德鲁　老天在上，我当然愿意。我答应你，我说话是算数的。我答应给你的马也是好骑的。

警士一　（对安东略）就是这个人，带走吧。

警士二　安东略，奉欧西诺公爵的命令，我们逮捕你了。

安东略　你们认错人了吧？

警士一　不，一点也不错，我认得你这张脸，虽然头上没有戴水手帽。把他带走，他知道我认得他。

安东略　那只好遵命了。——（对薇荷娜）这都是为了找你的缘故，我只好自作自受了。怎么办呢？我不得不要回我给你的钱包了。我很难过，不是为了我自己，只是为了帮不上你的忙。你怎么发呆了？但是，请你放心吧。

警士二　来吧，水手，走吧。

安东略　我不得不要你还我一点钱了。

薇荷娜　什么钱呀,先生?你刚才热心帮忙,现在又遭了灾难,我虽然没有多少钱,出不了多少力,但也总得尽我所能。我身上钱不多,也要分一些给你,这就是我现钱的一半。

安东略　你怎么不还钱给我,怎能忘恩负义?难道我落了难,你就变了心,忘了我对你帮的忙了?

薇荷娜　你说的我都不知道。听你的声音,看你的面貌,我也不认得你。我恨一个忘恩负义的人,超过了造谣说谎、招摇撞骗、胡说八道、酗酒胡闹、血液中渗透了腐败堕落的坏蛋。

安东略　啊,老天老天!

警士二　走吧,水手,我得要你走了。

安东略　等我再说两句。你们看到的这个年轻人,是我怀着救人不望报的心情,从死神的牙缝中救出来的。他的外表使我以为他是个前途无量的无价之宝,谁知道原来却是如此!

警士二　这和我们有什么关系?时间不能耽误,快走吧。

安东略　但是这个无价之宝却变得毫无价值了；瑟巴淀，你怎么对得起你这副好皮囊！

　　　　天生的好模样却没有好心肠，

　　　　忘恩负义可以说是丧心病狂。

　　　　善就是美，但外表美好的罪恶

　　　　却是魔鬼披上了新装的躯壳。

警士一　这家伙发病了。快带他走！走吧，走吧，水手！

安东略　那就带我走吧。（同二警士下。）

薇荷娜　他的话中有真情，

　　　　他自信，我不自信。

　　　　但愿想象是真相，

　　　　他错把我当兄长。

托　比　来吧，骑士。来吧，费彬。我们也来说几句悄悄话。

薇荷娜　他提到瑟巴淀哥，

　　　　这说明他还活着。

　　　　他是我的镜中影，

　　　　我是他的镜外形。

　　　　我们一样的穿着，

　　　　愿风暴把他放过!
费　彬　胆小鬼,假冒伪善的胆小鬼!
安德鲁　我要在上帝的眼皮下追上去打他一顿。
托　比　去吧,可以拳打脚踢,但是不要拔剑。
安德鲁　假如我不拔剑——(下。)
费　彬　去吧,让我们去看一出好戏。
托　比　我敢拿多少钱打赌,绝不会出什么事故。
　　　　(同下。)

第 四 幕

第一场

奥莉薇府前街道

（瑟巴淀及小丑费事的上。）

费事的　你能使我相信你不是我要找的人吗？

瑟巴淀　去你的吧，去你的吧。你是一个莫名其妙的人，我没有工夫和你纠缠。

费事的　装模作样真像那一回事！的确我不认得你，我也不是小姐派来找你、有话要和你说的人，你的名字也不是瑟莎略少爷，就像我的鼻子不是长在我的脸上一样。一切都是非颠倒，黑白混淆了。

瑟巴淀　请到别的地方去胡说八道吧。你并不认识我。

费事的　胡说八道！他从哪个大人物那里学到这句话

的，现在用到我这个小丑头上来了！胡说八道，我怕这个糊涂世界都变得阴阳怪气了。现在，我请你不要再装聋作哑，请老实告诉我怎么回答我家小姐，要不要我对她放空话，说你就要来了？

瑟巴淀　我求你走开吧。你要钱我可以给你。（把钱给费事的。）你不要不识相，让报酬变成报仇了。

费事的　说实话，你出手真大方。聪明人花钱，要傻瓜说好话，这不是一本万利，而是万本一利啊。

（安德鲁、托比及费彬上。）

安德鲁　怎么，老兄，又碰上你了。吃我一拳！（打瑟巴淀。）

瑟巴淀　（还击。）怎么啦？要动手？那就招架吧：左边，右边，中间，再来一拳！怎么这样多疯子！

托　比　住手，年轻人，否则，莫怪我手下无情。

费事的　我要赶快去告诉小姐。不能为了两个便士代人受过呀。（下。）

托　比　算了，老兄，住手吧。

安德鲁　不,让他来吧!我还另有办法对付。我要去告发他,伊利亚还有法律呢,虽然是我先动手,但那不要紧。

瑟巴淀　放开我的手!

托比　算了,爵士,我不能让你胡闹下去。来吧,年轻的战士,放下你的武器,若要动武,你还嫩着点呢。算了吧。

瑟巴淀　我不和你争了。你要怎样?若要挑衅,那就拔出剑来。

托比　怎么啦,怎么啦?如果你不识好歹,那就只好让你流两滴血了。

（奥莉薇上。）

奥莉薇　住手,托比,你不要命啦?快住手!

托比　小姐!

奥莉薇　怎么老是这样不识好歹?只能和山中洞里的野人为伍?亲爱的瑟莎略,请你不要见怪!——野人,你们都走开吧。（托比、安德鲁、费彬下。）

奥莉薇　请不要感情用事,用你的智慧来识别这些扰乱你安宁的人,对他们只要一笑置之。你还

　　　　　是同我进去吧,

　　　　　　　　让我们诅咒这无知之辈如何?

　　　　　　　　他们要把我对你的好梦惊破。

瑟巴淀　（旁白）这是什么滋味?像是浩荡河水。

　　　　　　　难道是我发疯,还是身在梦中?

　　　　　　　"忘河"中的波浪使感觉成幻想?

　　　　　　　如果身在梦境,我愿长睡不醒。

奥莉薇　不,听我说,来吧!你听我的话吗?

瑟巴淀　我能唯命是听。

奥莉薇　不是听,而是行!

　　　（同下。）

第四幕

第二场

奥莉薇府

（玛利亚同小丑费事的上。）

玛利亚　（把教士服和假胡须给小丑。）不要拖延，快穿上教士服，戴上假胡须。让马沃略相信你真是夺宝神甫。快打扮好，我去叫托比爵士来。（下。）

费事的　（穿上长袍，戴上假须。）好，我就穿上，把自己打扮得不像自己。但愿我是第一个不配穿教士服的假神甫。我个子不够高，不像个传道说教的人，又不够瘦，不像个苦读过经书的教徒。不过冒充一个老实人和假装一个好管家，不也和冒充博学多才不相上下吗？

我的同伙来了。

（托比及玛利亚上。）

托　比　老天保佑你，神甫先生。

费事的　你早上好，托比爵士。有个没有见过笔和墨水的老隐士对古国国王的侄女说过一句至理名言："说是就是，说是什么，就是什么。"那么，说我是夺宝神甫，我就是夺宝神甫了。

托　比　对马沃略说来，你是夺宝神甫。

费事的　那么，我说：在他这间黑暗的牢房里他能安身吗？

托　比　这个坏蛋装得蛮像一个坏蛋。

马沃略　（在暗室内）那是谁呀？

费事的　夺宝神甫来看疯子马沃略了。

马沃略　夺宝神甫，夺宝神甫，好个夺宝神甫！去见我家小姐吧。

费事的　去你的，魔鬼！你缠得这个人发疯，只会谈女人了。

托　比　说得对，夺宝神甫。

马沃略　夺宝神甫，从来没有人受过这么大的冤枉，好神甫，不要以为我疯了，是他们把我关到这暗房里来的。

费事的　去你的吧，该死的魔鬼！我这是对你最客气的称呼了。因为我是一个对魔鬼也讲客气的人。你说你的房子是黑暗的？

马沃略　像地狱一样黑暗，夺宝神甫。

费事的　房子凸出墙外的窗子像壁垒一样透明，朝南朝北的天窗都像乌木一样亮堂堂的，你怎么还说是暗无天日呢？

马沃略　我没有疯，夺宝神甫。我对你说：这房子是黑暗的。

费事的　疯子，你错了。我告诉你：世上没有黑暗，只有无知。你比堕入五里雾中的埃及人还更糊涂呢。

马沃略　我说这间牢房和无知一样黑暗，而无知却黑暗得像地狱。我敢说没有谁受过比我更残酷的虐待，我和你一样没有发疯，如果你不相信，可以提出任何问题来和我讨论。

费事的　皮萨格拉斯说：人会转世投胎为鸟，你相信吗？

马沃略　他说我们祖母的灵魂会兴高采烈地变成一只鸟。

费事的　你觉得怎么样?

马沃略　我认为人的灵魂远远高于一只鸟,所以我不同意他的理论。

费事的　再见吧,让你的灵魂永远留在黑暗中。你可以不承认皮萨格拉斯的理论,我也可以认为你不聪明。我不敢打死一只啄木鸟,就是怕你祖母的灵魂寄居在它身上。再见了。

马沃略　夺宝神甫,夺宝神甫!

托　比　我最善于模仿的夺宝神甫!

费事的　我能翻手为云覆手成雨呢。

玛利亚　你不戴假胡须、不穿教士服也可以做到这一点。他听不出你来了。

托　比　用你自己的声音和他说话吧,并且把他的回话告诉我。我想摆脱这个无聊的恶作剧了。如果方便把他放出来,那就放出来吧。我怕惹得我的侄女不高兴,这出剧就不能保险演到底了。你们马上到我房里来。

（托比及玛利亚下。）

费事的 （唱）嘿，罗宾呀，好罗宾呀，
　　　　　　告诉我：小姐怎么啦？

马沃略　是傻瓜！

费事的 （唱）小姐不客气，法国有上帝。

马沃略　我说是傻瓜。

费事的 （唱）哎呀呀，小姐为啥不说话？

马沃略　傻瓜，我说你呀。

费事的 （唱）她爱上了别一个。——谁在叫我？

马沃略　好傻瓜，你对我总是有用的。帮我拿蜡烛来，还要纸笔墨水。我是个说话算数的人，只要我活着，我决不会亏待你的。

费事的　是马沃略总管？

马沃略　是的，好傻瓜。

费事的　唉，总管，你怎么发了疯，五官都糊涂了？

马沃略　傻瓜，有谁像我这样倒霉？其实，我的五官和你这个傻瓜的一样清醒。

费事的　那你的确是疯了。如果你的五官都像一个傻瓜的一样糊涂。

马沃略　他们把我当家具用，把我关在一间黑暗的牢房里，要神甫来教训我。这些驴子！他们无所不为，要把我折磨得五官失灵。

费事的　说话要当心，神甫还在这里呢。——

（用神甫的口吻）马沃略，马沃略，上天会使你的五官恢复正常的。争取睡觉，不要胡说八道！

马沃略　夺宝神甫！

费事的　（假装神甫）不要和他讲话，你是一个好人。——

（恢复小丑面目）谁，神甫？我吗？不是我。再见，

好神甫！——

（假装神甫）圣母在上，阿门！——

（恢复小丑面目）好的，神甫，好的。

马沃略　傻瓜，傻瓜，傻瓜，我说你呢。

费事的　唉，总管，要有耐性。你说什么，总管？他们不让我和你讲话呢。

马沃略　好傻瓜，帮个忙，拿蜡烛和纸张来，我告诉你，我的头脑清醒，不比任何伊利亚人差。

费事的　哎呀，那是过去的事了，总管。

马沃略　我举手发誓：现在还是这样。好傻瓜，给我

　　　　　拿墨水、纸张和蜡烛来，并且把我写的送给
　　　　　小姐，你得到的好处会比送信多得多呢。
费事的　　信，我会送的。但是说实话，你没有疯吗？
　　　　　还是在装疯呢？
马沃略　　相信我，我没有疯。说的都是真话。
费事的　　不，我不看清楚头脑面目，怎能相信你没有
　　　　　疯呢？我会给你拿蜡烛、纸张和墨水来的。
马沃略　　我会给你最高的报酬。请快去吧。
费事的　　（唱）我去了，总管，
　　　　　　　　马上走，总管，
　　　　　　　　马上回来。
　　　　　　　　魔鬼的儿子
　　　　　　　　马上做坏事，
　　　　　　　　你得忍耐。
　　　　　　　　手执刀锋，
　　　　　　　　怒气冲冲，
　　　　　　　　见魔鬼说哎呀！
　　　　　　　　像个疯子
　　　　　　　　要修指甲，
　　　　　　　　好人，去你的吧！（下。）

第四幕

第三场

奥莉薇家果园

（瑟巴淀上。）

瑟巴淀　这里有新鲜的空气，明亮的阳光，这是她送给我的珍珠，我看得见、摸得到的珍珠。虽然发生的事令人惊奇，但是并不感到莫名其妙。安东略到哪里去了？我到大象旅店也找他不着。店里人说他去过那里，又到城里找我去了。我倒想听听他的看法，对我可是金玉良言。虽然我的心灵对我的遭遇还不能理解，觉得这意外的巧遇和潮水般涌来的好运超过了现实的想象，甚至觉得无法理解。我几乎要怀疑自己的眼睛，甚至要和理智做斗争,认为我是疯狂失常,或者是那位小姐思想出了毛病;然而如果真是那样的话,她怎么能管理好她那个富贵之家,怎么能对家人发号施令,应付好内内外外的事情,应付得四平八稳、有条不紊的?这都是我亲眼所见,没有什么能掩人耳目的。不过,小姐来了。

(奥莉薇同神甫上。)

奥莉薇 请你不要怪我做事太仓促了。如果你不反对的话,请你现在就同我随这位神甫到礼拜堂去,在神圣的屋顶下,宣布你对我始终如一地忠诚,安定我浮躁不安的心情。我们会保守秘密的,直到你同意公开宣布合乎我们家世身份的婚礼为止。你的意见如何?

瑟巴淀 我愿同你,还有这位圣人,
同去宣誓表示对你忠诚。

奥莉薇 那好神甫,请你指引我们
在圣光中立下海誓山盟。

(同下。)

第 五 幕

第一场

奥莉薇府前街道

（小丑费事的同费彬上。）

费　彬　喂，如果我们够朋友，你就让我看看他的信吧。

费事的　费彬老兄，请你答应我一个要求。

费　彬　什么要求都可以。

费事的　不要想看那封信。

费　彬　那就等于送了一条狗又把狗要回去。

（欧西诺公爵、薇荷娜、丘里欧等侍臣上。）

欧西诺　伙计，你们是奥莉薇小姐家的人吗？

费事的　唉，主公，我们是她家的累赘。

欧西诺　我见过你，你怎么啦，我的好伙计？

费事的	的确，主公，我们是仇人的好伙计，恩人的坏伴侣。
欧西诺	你说反了，应该是恩人的好伙计。
费事的	不，主公，那可坏了。
欧西诺	怎么呢？
费事的	天哪，说我好话的人把我当驴子，我的仇家对头却老实说我是一头笨驴，主公，我这才有自知之明呢，我的朋友却在骗我；所以好话就像亲吻，说四个"不"（"不要不"，"不要不"）其实等于说两个"要"，所以朋友不如仇家对头。
欧西诺	你真个是能说会道，死的也能说成活的。
费事的	说老实话，主公，你说得不对，虽然你喜欢叫我作朋友。
欧西诺	那你对我也不坏呀，这是赏金。（给一硬币。）
费事的	赏金总是两面讨好的，我希望讨好是两面的。
欧西诺	这可是个坏主意。
费事的	你的钱袋开恩，你的皮肉就可以少受硬币压榨之苦了。
欧西诺	那我就来个两面不讨好吧，再给你一个硬币。

（再给硬币。）

费事的　游戏要说"一，二，三"，俗话说得好："事事成三。"主公，"三"才能使事情开始啊。教堂的钟声不是"叮叮当"响三下么？

欧西诺　你休想得寸进尺、再骗赏金了。如果你去告诉你家小姐：我在这里等她谈话，如果你能请她出来，那么，我的赏金也可以网开一面的。

费事的　天呀，主公，对你的赏金唱唱催眠曲，等我回来再给吧。我不想让你说我贪得无厌。既然你这样说了，那就让你的赏金睡个午觉，等我回来再叫醒它吧。

（安东略及二警士上。）

薇荷娜　主公，来的这一位正是我的救命恩人。

欧西诺　这个人的面孔我记得很清楚，不过上次我见到他，他的脸正给战神的烟火熏得黑黝黝的呢。他是一只小船的船长，船体小得微不足道，吃水又浅，但是在近战中却打败了我们舰队中的一条大船，即使他手下的败将受到了惨重损失，也不得不心悦诚服地夸他几句。可是他出了什么事啦？

警士一　欧西诺公爵，他就是抢劫了我们"凤凰号"大船，并且把我们从肯特港运来的货物抢走，还把你在"猛虎号"船上的侄子狄达斯打断了一条腿的水手。我们在街上碰到他不要命地和人打架，就把他带来了。

薇荷娜　他可是帮了我的忙，主公，对我拔剑相助的人，结果却对我说了些莫名其妙的话，我也不明白他怎么会发糊涂的。

欧西诺　这臭名远扬的海上大盗，竟敢胡作非为，落到你的血腥对头手中来了。你有什么可说的？

安东略　欧西诺高贵的主子，请允许我洗刷我的罪名。安东略从来没有做过海盗，虽然有理由承认我做过欧西诺的对头。我也说不出什么原因把我引到这里来了。这个在你身边的年轻人忘恩负义，是我从怒涛骇浪中救出性命来的，本来他已经逃生无望了，我却给了他第二次生命，还加上我对他毫无保留的友情。纯粹是为了他的缘故，我冒险来到这个对我怀有敌意的地方，看见他受到围攻，我就拔刀相助。不料他善于弄虚作假，为了不和我分担危险，居然当众否认他认识我。装出二十年来从没见过我似的样子，并且不肯承认我把我的钱包给了他，和他一同使用，而这不过是半个小时之前的事。

薇荷娜　怎么可能？

欧西诺　他是什么时候到这里来的？

安东略　就是今天，主公。而三个月的日日夜夜，我们没有一分钟不是在一起度过的。

（奥莉薇及随从上。）

欧西诺　伯爵小姐来了，真是天仙下凡，来到人世。——

（对安东略）至于你呢，好家伙，——好家伙，你的话都是胡言乱语。三个月来，这个年轻人一直在我身边。这事等等再谈吧。现在，把他带走！

奥莉薇　主公除了不可能得到的之外，还有什么可能用得着奥莉薇的地方吗？瑟莎略，你怎么不守信用呀？

薇荷娜　小姐？

欧西诺　千媚百娇的奥莉薇——

奥莉薇　你怎么说，瑟莎略，我的主子——

薇荷娜　我的主子要说话了，我只能够洗耳恭听。

奥莉薇　主公，如果你还是老调重弹，我的耳朵都听腻了，恐怕要生老茧，就像听了音乐再听胡言乱语一样。

欧西诺　你还是那样忍心无情吗？

奥莉薇　还是那样前后如一。

欧西诺　小姐这么不近人情？在你有来无往的圣坛前，我献上了一贯忠诚的灵魂，却没有一点回报，叫我如何是好？

奥莉薇　那就要请主公根据实际情况来处理了。

欧西诺　希腊传说中埃及人面临死亡时，产生了除掉情人的狠心，这种妒忌心的野蛮表现似乎并不违背高贵的品格。请你记住：对于你内心的秘密，我也不是毫无所知的。什么人在你心目中占据了我应该占有的位置，使你成了铁石心肠？从你无情的目光中，我也可以猜出几分你心目中的偶像，说句实话，我也宠爱着他。但是我要让他远离对我无情的双眼，以免发生喧宾夺主的意外。来吧，年轻人，同我走吧！我的思想也冒出了恶作剧的念头。要使我心爱的羔羊离开美丽的鸽子像雄鹰一般的心肠。

薇荷娜　而我也会欢天喜地、兴高采烈、心甘情愿、万死不辞地使你的心灵得到满足。

奥莉薇　瑟莎略，你要到哪里去呀？

薇荷娜　和我所爱的人同走。我爱他超过了爱自己的眼睛，甚至超过了自己的生命，自己的妻子，如果我有妻子的话。上天可以作证，如果有虚言假语，如果我辜负了自己的感情，上天可以缩短我的生命。

奥莉薇　怎么你变心了！我怎么会受骗了？

薇荷娜　谁欺骗了你？谁对你不起？

奥莉薇　你怎么就忘了？事还没过多久呢！快去请神甫来！

（一侍仆下。）

欧西诺　来，走吧！

奥莉薇　到哪里去，主公？瑟莎略，我的丈夫，你要站住!

欧西诺　丈夫?

奥莉薇　是的,丈夫,他能否认吗?

欧西诺　她的丈夫,老弟?

薇荷娜　不是,主公,不是我。

奥莉薇　你的害怕贬低了你的身份,不敢承认你的地位?不要怕,瑟莎略,接受你的命运,你知道你是什么人。其实,你的地位并不下于你所害怕的人。

(神甫上。)

啊,欢迎,神甫,请用你神圣的名义说明我和这个年轻人之间的关系。我们本来因为时机还不成熟,所以暂时没有宣布我们的喜讯。现在时机已到,不成熟也得宣布我和这个年轻人之间的关系了。

神　甫　你们两人已经签订了永远相爱的盟约,你们手挽着手,嘴唇神圣地吻着嘴唇,签订了婚约,并且交换了戒指,来巩固你们的誓言。缔结这神圣婚约的仪式都是在我主持下进行的,一切可以由我作证。从我的钟表看来,

	举行仪式的时间还没有过两个钟头,只不过是我进坟墓之前的片刻时间而已。
欧西诺	看不出你这披着羊皮的狼崽子,等到时间在你头上撒下了灰白的头发,你会变得怎样?你骗人的本领会不会变得聪明反被聪明误呢?再见吧!
	把妻子带走,希望你和我的脚步以后再也不会走上同一条道路!
薇荷娜	主公,你误会了——
奥莉薇	不要发誓!虽然你太害怕,还是要有信心。

(安德鲁爵士上,头上流血。)

安德鲁	天呀,快要一个医生去救托比爵士!
奥莉薇	出了什么事了?
安德鲁	他打破了我的头,又打得托比爵士头破血流。看在老天分上,快去救人要紧!早知如此,给我四十金镑我也不来这里,还是留在家里更好。
奥莉薇	这是谁干的,安德鲁爵士?
安德鲁	公爵的侍从,一个叫瑟莎略的,我们以为他是胆小鬼,哪里知道他却是魔王在世!

欧西诺　我的侍从：瑟莎略？

安德鲁　老天饶命！怎么他又在这里了！你无缘无故打破了我的头，而我动手，却是托比爵士怂恿我干的。

薇荷娜　你怎么扯到我头上来了？我从来没有伤害过你呀！你莫名其妙向我动刀，我对你很客气，并没有对不起你。

（托比爵士及小丑费事的上。）

安德鲁　如果头上流血可以算是受伤的话，你就已经使我受伤了。我看你是不把头上流血当一回事的。托比爵士也一瘸一拐地来了。你可以听他怎样讲的。假如他不是喝醉了，他会有别的门道打得你好看啊。

欧西诺　怎么啦，诸位？——（对托比）你怎么啦？

托　比　这不要紧。他打伤了我，这就是结果。醉鬼，看见狄克医生没有，醉鬼？

费事的　啊，他喝醉了，一个小时之前就喝醉了。他的眼睛瞪得像早上八点钟的太阳呢。

托　比　那他是个流氓，跳着宫廷的慢步舞。我讨厌喝醉了的流氓。

奥莉薇　送他回去吧！是谁闹得这样一塌糊涂的？

安德鲁　我来扶你吧，托比爵士。我们要在一起包扎呢。

托　比　你能帮忙吗？你这只驴头瘦脸鬼！

奥莉薇　送他上床去，让人给他治伤！

（费事的、费彬、托比爵士、安德鲁爵士下。）

（瑟巴淀上。）

瑟巴淀　对不起，小姐，我打伤了你的亲人。不过，即使他们是我的亲兄弟，我也会一样对他们不客气的。你怎么用这样奇怪的眼色看我？我看得出我是得罪你了，请原谅我，甜蜜的人儿，我们不是刚不久还宣誓了吗！

欧西诺　一样的面孔，一样的声音，一样的服装，却是两个不同的人，简直是天生的难解难分。

瑟巴淀　安东略，啊，亲爱的安东略，从我离开你之后，时间是多么难挨啊！

安东略　你是瑟巴淀吗？

瑟巴淀　你不相信吗，安东略？

安东略　你怎么分身有术呀？一个苹果一分为二，也不比你们两个更相像呀！你们两个当中，哪一个是瑟巴淀呢?

奥莉薇　真是奇迹!

瑟巴淀　站在那里的是我吗?我并没有兄弟呀!老天生下了我,也只能在一个地方,不能到处有我呀!我有过一个妹妹,但是凶涛瞎浪把她吞下去了。请你发发善心,告诉我:你有什么亲属?你是什么地方人?叫什么名字?你的父母是谁?

薇荷娜　我是美萨林人。我父亲是瑟巴淀,我的哥哥也叫瑟巴淀,他已经葬身大海中了。如果灵魂能够复活,你的外貌和服装和他简直一模一样,令人惊奇。

瑟巴淀　我不是一个幽灵,不过心灵和肉体都紧密地结合在一起,从在母胎中起,就是如此。如果你是一个女子,从其他各方面看来,你都是的,那我就要让眼泪落到你的脸上,并且连说三声"欢迎,海水淹不死的薇荷娜"。

薇荷娜　我的父亲额头上有一个黑痣。

瑟巴淀　我的父亲也有。

薇荷娜　父亲去世的日子正是薇荷娜十三岁的生日。

瑟巴淀　啊，那个记忆还活生生地深深地铭刻在我心中呢！他生命结束的日子，我妹妹刚满十三岁。

薇荷娜　看来我们大难不死、死里逃生、难得重逢的乐趣，唯一的障碍就是我女扮男装的这一套衣服了。现在，互相拥抱还不到时候。等到时间、地点、运气都汹涌而来，证明我就是薇荷娜，那时再让心灵和肉体都紧紧地拥抱吧。现在，我邀请你们去见一位就在城里的船长，我把我的女装都存放在他那里。多亏他的好意帮助，我才能追随在高贵的公爵左右。从那时起，我命运中发生的一切事情就是在伯爵小姐和高贵的公爵之间穿针引线了。

瑟巴淀　（对奥莉薇）小姐，看来是你弄得不对，阴差阳错，你本来要和一个女子结婚。但是我敢用生命担保，你并没有上当吃亏，结果你既和一个女子定了情，又和一个男子结了婚。

欧西诺　不要担心，他的家世也很高贵。假如天意如此，那真是前途一片光明。看来海上翻船的祸事反而带来了岸上的好事，我也要分享这天降的喜事了。

（对薇荷娜）年轻人，你对我说过千遍万次：你爱女人不会像爱我这么深，是这样吗？

薇荷娜　这些话我愿意说了又说，这些誓言我会遵守，就像太阳会分开白天和黑夜一样。

欧西诺　伸手过来！我要看看你穿着女装唉声叹气是个什么模样。

薇荷娜　我的女装存放在送我上岸的船长那里。船长和小姐的总管马沃略打官司，被押起来了。

奥莉薇　要马沃略把他放了。把马沃略叫来。不过等一等，唉，我记起来了，他们说可怜的总管得了神经病。

（小丑费事的拿着信，同费彬上。）

我自己神经紧张得几乎把他忘了。他现在怎么样？

费事的　的确，小姐，他总算像个人样，把魔鬼挤到一边去了。他还写了一封信给您，本来应该今天早上送交的，但是疯子的信不是上天的福音，早交晚交都没有多大关系。

奥莉薇　拆开信来念吧。

费事的　既然要傻子来读疯子的信，那不是又疯又傻了吗？

（读信。）"老天有眼，小姐，"——

奥莉薇　怎么啦，难道你也疯了？

费事的　不，小姐，我只是说疯话。如果要我照读，那你就得听疯话了。

奥莉薇　那就按照你的意思读吧。

费事的　那好，小姐，但是按照他的原意读却应该是：我的公主，请你洗耳倾听。

奥莉薇　（对费彬）还是你来念吧。

费　彬　（读信。）"老天有眼，小姐，你错怪我了。大家都会知道，虽然你把我关进了暗房，并且让喝得醉醺醺的令亲来管我，但是幸亏我的神志还是和您的一样清楚。我还保留了您的原信，是您要我这样装束的。我不怀疑我这样做是按照您的吩咐，但却有损您的尊严。您可以爱怎么想就怎么想。我说了些职责以外的话，诉说了我受到的委屈。被当成疯子的马沃略"

奥莉薇　这是他写的吗？

费事的　是的，小姐。

欧西诺　听起来没有疯味嘛。

奥莉薇　把他放了，再带到这里来。

（费彬下。）

　　主公，请你对这些事做进一步的思考吧，与其把我当作夫人，不如当作夫人的嫂嫂更好。如果你不反对，就请你允许我在这里举办双重的婚礼，作为这件喜事的高潮吧。

欧西诺　小姐，我非常高兴领受你的盛情。

　　（对薇荷娜）你的主子要辞谢他的助手，使助手成为内助了。穿针引线是下手的工作，怎能适合你温柔多情的纤手呢？握住我的手，让我们比翼齐飞吧！

奥莉薇　啊，我的好妹妹！

　　（马沃略及费彬上。）

欧西诺　这就是那个疯子吗？

奥薇莉　对，主公，就是他。——怎么样，马沃略？

马沃略　小姐，你太亏待我，太亏待我了。

奥薇莉　我亏待你了吗,马沃略?没有。

马沃略　小姐,你亏待了我。请你读一读这封信,你不能否认这是你亲手写的吧?你还能用别的笔迹,用别的字眼再写一封吗?你能说这不是你的图章,这不是你说的话吗?你一点也不能否认。那好,既然承认了这一点,那只要不损害你的身份和地位,请你告诉我:为什么你要这样清楚明白地说明你对我的恩情?要我笑着穿上十字交叉的束腿裤和黄色的袜子?要我皱眉怒目对待托比爵士和一班下人?我带着希望听了你的话,为什么又把我关在一间暗室里,还要神甫来看我?并且发明了一些欺骗、愚弄的手法来对付我?请问这些都是为了什么?

奥薇莉　唉,马沃略,这封信不是我写的,虽然我承认,看起来很像是我的字迹。没问题,这是玛利亚写的字。现在,我想起来了,是她第一个告诉我你疯了的。然后又告诉我信里所说的那些话。不要发牢骚吧,有人很巧妙地愚弄你了。等我弄清楚了是什么人,为什么要搞这出恶作剧,你再来做这场案子的原告兼法官吧。

费彬　好小姐,请听我说,不要让这个玩笑扰乱了目前我做梦也想不到的天大喜事吧!现在,我得老实承认是我和托比设下的圈套。因为马沃略说话太生硬,太盛气凌人了,所以我们才出此下策。玛利亚在托比的再三催促下写了这封信,为了报答她的盛情,他们两人已经结婚了。这个开心的玩笑不应该得到报复,而应该是一笑了之。因为说句公道话,双方都受到了损失嘛。

奥薇莉　哎呀,可怜的傻瓜,他们叫你丢脸了。

费事的　这算什么?"有人生而富贵,有人争名夺利,有人却是富贵送上门来。"我就是其中的一个,老兄,夺宝神甫就是我。"老天在上,傻瓜,我没有疯。"小姐,这样一个胡说八道的傻瓜有什么可笑的呢?但是假如你不笑,他就要得到失业的报应了。

马沃略　我要叫你们一伙都得到报应。(下。)

奥薇莉　你们也是欺人太甚了。

欧西诺 追上他,和他和气了事吧!他还没讲船长的事呢。等到他一讲完,那可能是我们的黄金时刻。我们可以结下神圣的良缘。亲爱的妹妹,我们现在还不能离开这里。瑟莎略,过来吧,——当你穿着男装的时候,你还是我的助手。

  但是等到你一换上女装,

  欧西诺就会是你的新郎。

(众下。小丑费事的留台上。)

费事的 (唱)

  当我是个小孩子,

  不怕风吹和雨打;

  天天玩耍做傻事,

  风吹雨打都不怕。

  当我成了年轻人,

  不怕风吹和雨打;

  不怕盗贼来上门,

  风吹雨打都不怕。

当我成年结了婚,
不怕风吹和雨打;
吵吵闹闹不安生,
风吹雨打都不怕。

当我酒醉上了床,
不怕风吹和雨打;
昏头颠脑酒满肠,
风吹雨打都不怕。

世界过了多少年,
不管风吹和雨打;
这出喜剧演不演?
要你看了笑哈哈!

(下。)

2016年7月20日开译,
9月15日译完。

译 后 记

《第十二夜》是莎士比亚大受欢迎的一部喜剧。剧名指圣诞节后的第十二个夜晚,就是愚人的狂欢节。剧情可能取自一部罗马故事《亚波罗与希娜》,亚波罗就是《第十二夜》中的公爵,希娜就是剧中的女主角。不过故事比较简单,人物性格的描写,语言艺术的巧妙,都不能和莎士比亚的喜剧相提并论。

《第十二夜》在狂欢节喜结良缘的有三对情人。第一对是伊利亚公国的欧西诺公爵和双胞胎妹妹薇荷娜,第二对是薇荷娜的哥哥瑟巴淀和奥莉薇伯爵小姐,第三对是伯爵小姐的表叔托比爵士和她的女侍玛利亚。这出喜剧和罗马剧一样是以悲剧开始的。第一幕写女主角薇荷娜和她的哥哥瑟巴淀在海上遇难,分别被两个船长救起,但是兄妹都不知道对方死里逃生的情况。妹妹逃到伊利亚东海岸后改扮男装。由船长推荐，成了欧西诺公爵的亲随侍从。她暗中热恋浪漫主义的公爵，但公爵却单恋着奥莉薇伯爵小姐，并派他的男装侍从薇荷娜去向伯爵小姐诉说他的恋情。不料伯爵小姐却因为哥哥不幸去世，兄妹情深，不肯谈论婚事。但她一见风度翩翩的薇荷娜却又改变了初衷，要和女扮男装的美少年私订婚约。第三对情人是伯爵小姐好酒贪饮的表叔托比爵士和她的伶俐女侍玛利亚。托比爵士因为伯爵小姐的总管马沃略反对他酗酒，就同玛利亚捏造了一封伯爵小姐爱上了总管的私信，害得总管大出洋相，不但没有得到小姐的好感，反而被当作发疯而关了起来，这是喜剧中的喜剧，使托比爵士和玛利亚结婚的喜事都相形减色了。从《第十二夜》的剧情看来，可以看出莎士比亚在前人的基础上，如何推陈出新，使后人胜过前人的。

除了剧情以外，莎士比亚戏剧的另一个特点是人物描写生动。法国小说家大仲马甚至说：除了上帝以外，莎士比亚创造的人物最多。重要人物用词具体，最能表现人物的性格。马克思甚至说过文学写作要莎士比亚化。那么,怎样翻译莎士比亚的作品呢?一般说来,西方翻译界提出了对等译法,因为西方语文如英、法、德、意、西等都是拉丁语系。两种语文的词汇约有百分之九十有对等词。所以可以用对等译法。但中文是象形文字,和英文的对等词不到百分之五十。所以翻译时只有一半可以用对等法。不对等的一半,不是原文胜过译文,就是译文胜过原文,所以中国译者认为应该尽可能用优化的译文。用中国学派的话说就是:"从心所欲不逾矩。""从心所欲"包括优化,"不逾矩"包括等化。下面就来举例说明。第一幕第一场浪漫主义的公爵说:

(1)假如音乐是爱情的食粮,那么奏下去吧;尽量地奏下去。好让爱情因过饱噎塞而死。……它(这个调子)就像微风吹拂一丛紫罗兰,发出轻柔的声音,一面把花香偷走,一面又把花香分送。(朱译)

(2)假如音乐能够喂饱爱情,那就不要停止奏乐。要听得多情人耳鸣心醉,舍生忘死。

（这一曲周而复始，忧郁低沉，）像温柔的微风抚摸着海滨的紫罗兰，偷走了花香，带来了蜜意。（许译）

比较一下两种译文，可以说第一种基本上用的是等化译法，第二种用的是优化译法。作为读物，两种译文可说各有千秋，但是作为剧本，前者显然不如后者可以搬上舞台。这是散文的翻译，至于韵文，我们来看看第五幕最后的小丑唱词：

（1）当初我是个小儿郎，
　　嗨，呵，一阵雨儿一阵风；
　　做了傻事毫不思量，
　　朝朝雨雨呀又风风。
　　年纪长大啦不学好，
　　嗨，呵，一阵雨儿一阵风；
　　闭门羹到处吃个饱，
　　朝朝雨雨呀又风风。
　　娶了老婆，唉，要照顾。
　　嗨，呵，一阵雨儿一阵风；

法螺医不了肚子饿,

朝朝雨雨呀又风风。……

开天辟地有几多年,

嗨,呵,一阵雨儿一阵风;

咱们的戏文早完篇,

愿诸君欢喜笑融融!(朱译)

(2)当我是个小孩子,

不怕风吹和雨打;

天天玩耍做傻事,

风吹雨打都不怕。

当我成了年轻人,

不怕风吹和雨打;

不怕盗贼来上门,

风吹雨打都不怕。

当我成年结了婚,

不怕风吹和雨打;

吵吵闹闹不安生,

风吹雨打都不怕。……

世界过了多少年,

不管风吹和雨打;

这出喜剧演不演？

要你看了笑哈哈！（许译）

第一种译文还是等化，但是"闭门羹"，吹"法螺"，"开天辟地"，"笑融融"就有点优化了；而二、四、六、八行等化译法就远不如第二种译文。由此可见，翻译莎士比亚，如果能用"从心所欲不逾矩"的译法，还是可以在中国得到更多欢迎的。

2016年9月20日